AF365840

Varios autores

# CUENTO CONTIGO

Historias para crecer

ISBN: 978-84-17591-97-7

Título original: CUENTO CONTIGO. HISTORIAS PARA CRECER.
Autores: Dulce Bermúdez, Purita Cano, Juan Jesús Doreste Aguilar, Martha Golondrina, José Martel Rodríguez, Estela Nuez Santana, Yohana Pérez García, José Piñeiro Cortés, Manuel Quintana Quintana, Dayana Santacreu, Lourdes Sosa Peñate, Ángeles Tavío Pérez, Yasmina Vico Marrero, Ainhoa Villanueva
Portada, ilustraciones y maquetación: Mélani Garzón Sousa.
Corrección: Sandro Doreste Bermúdez.
Maquetación digital: Juan Jesús Doreste Aguilar.



Para más información, pueden contactar con la escuela vía *email*:
info@dulcebermudez.com
Web: https://dulcebermudez.com
Puedes seguirla en:
Facebook: @escribecomounlider
YouTube: dulcebermudez
LinkedIn: www.linkedin.com/in/dulcebermudez
Instagram: neuroescritura
Twitter: @BmDulce

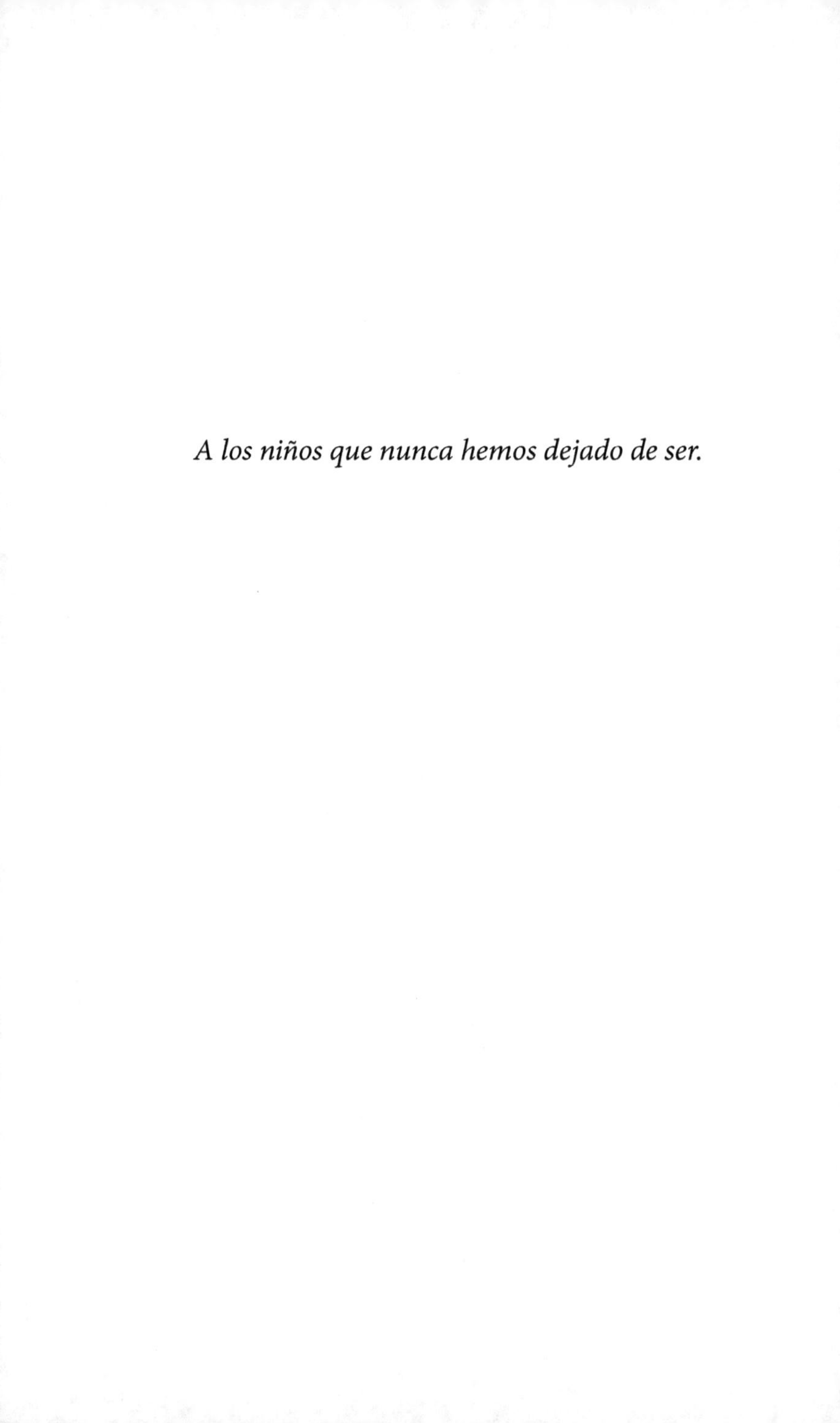

*A los niños que nunca hemos dejado de ser.*

# ÍNDICE

# PROEMIO
## (por Juan Jesús Doreste Aguilar)

Este es el cuarto libro colectivo de la Escuela Internacional de Nuevos Escritores (EINE). Si los dos primeros —*Claves para un año redondo* y *Más claves para un año redondo*— estaban conectados y, de alguna manera, uno era continuación del otro, con los dos siguientes —*Yo lo viví* y este que tienes entre manos— ocurre algo similar.

*Yo lo viví* era un libro basado en experiencias reales vividas por sus autores, vivencias difíciles, crudas, que tuvieron una resolución y un aprendizaje, y ¿cómo es que un libro de cuentos, con una intención de llegar a un público entre los siete y los catorce años, es continuación de un libro de experiencias y de crecimiento personal?

La similitud va mucho más allá de que ambos libros compartan algunos autores en común (ocho). Para casi todos los autores de CUENTO CONTIGO, cuando se los invitó al reto de escribir una antología de cuentos, lo de escribir este género era algo totalmente nuevo y me atrevería a afirmar que no hubiera entrado en sus intenciones literarias personales si Dulce Bermúdez, alma máter de EINE, no hubiera lanzado esta propuesta.

¿Cómo lo resolvieron? Al leer los catorce cuentos que configuran CUENTO CONTIGO, y por lo que conozco de cada uno de ellos, me di cuenta de que, en el fondo, cada uno había narrado, disfrazada de cuento, una experiencia personal; experiencia que, de nuevo, encerraba el tesoro de una resolución positiva y un aprendizaje vital, una enseñanza constructiva y de crecimiento.

¿No es acaso esta la finalidad última de este género, el transmitir sabiduría —a veces ancestral— a través de historias que pudiesen comunicar ideas y conceptos a veces difíciles a través de la narración, de la trama, de los personajes y sus vicisitudes?

¿Qué hacemos todos cuando escuchamos: «Érase una vez…»? Nos abrimos a la magia, despejamos nuestra mente crítica y objetiva para que los animales hablen y las hadas, elfos y toda criatura fantástica —ya sea de carne, inanimada o inmaterial— exista, para que los lugares, épocas y dimensiones se liberen de las leyes físicas,y nuestra imaginación se vea catapultada, secuestrada… ¡volvemos a ser niños!

No importa si al escuchar o leer el cuento tenemos dieciocho, treinta, cincuenta u ochenta años. No importa en absoluto. Ante el inicio de un cuento o una leyenda, todos nos volvemos niños, crédulos, imaginativos, abiertos; las emociones tienen autorización para manifestarse, la sonrisa puede surgir sin freno y las lagrimas están raudas a partir si la trama lo requiriese.

La magia, la ilusión ha comenzado.

Este es el deseo de este libro: compartir la vida a través de un género que nos permite comunicar lo vivido desde otra dimensión, la dimensión infantil que confiamos siga viva en nosotros, en ti, en cada lector, para siempre.

Todo lo mejor.

Juan Jesús Doreste Aguilar.

# Ainhoa Villanueva

## *Ángela y la bailarina de miedos*

—¡No! ¡No quiero ir a dormir! ¡No me gusta la oscuridad, me da miedo! —dijo Ángela a su mamá.

Ángela era una niña muy alegre y risueña durante el día. Disfrutaba de todo lo que hacía en el colegio, le gustaban todas las asignaturas —aunque algunas más que otras— y también le gustaban todos los *profes* porque eran señores y señoras.

—Unos más jóvenes, otros más viejos... —decía Ángela.

Todos la trataban muy bien a ella y a sus compañeros; incluso, si alguna vez se portaban mal, mostraban mucha paciencia y cariño por todos ellos. Por las tardes, Ángela jugaba en la calle con sus amigos y se divertían muchísimo, tanto que se olvidaba por completo de su *tablet*.

Así de feliz era Ángela durante el día. Sin embargo, cuando llegaba la noche y se acercaba la hora de dormir, la cosa cambiaba. Metida en su cama y con la lamparita de su mesa de noche encendida, ella temblaba al imaginar sombras que se movían en las paredes. Cada sonido que escuchaba, por pequeño que fuese, a ella le parecía un grito en sus oídos que le hacía sentir escalofríos.

—¿Sabes, Ángela? Yo también tenía miedo a la oscuridad cuando era pequeña —le contó su mamá— y deseaba con todas mis ganas que ese miedo desapareciese, así que le pedí a mi hada de los deseos profundos que me ayudase y así fue: ella me ayudó.

—¿El hada de los deseos profundos? ¿Quién es? ¡Yo quiero conocerla! Seguro que ella puede ayudarme a mí también.

—Verás, Ángela: todos los niños y niñas tenéis dentro un hada de los deseos profundos que escucha atentamente cada vez que deseáis algo con muchas, muchas ganas, con tantas ganas que lo podéis sentir en el estómago y en el corazón. Cuando vosotros, los niños, sentís profundamente un deseo, ella también lo siente como si fuera su propio deseo porque habita en vuestro corazón. Es entonces cuando sale de su hogar y se os aparece para ayudaros a cumplirlo.

—Mamá, ¿tú crees que ella podría ayudarme a hacer desaparecer mi miedo a la oscuridad?

—Pon tus manos en tu corazón y deséalo profundamente, desde dentro de ti, con todas las ganas que puedas, y ella aparecerá para ayudarte. Seguramente te dará algo aún mejor de lo que deseaste —dijo la mamá de Ángela, poniendo su mano en el corazón de la niña con una sonrisa de complicidad—. Buenas noches, cariño.

—Yo sólo quiero que me quite el miedo a la oscuridad —susurró Ángela tristemente, comenzando a temblar cuando su madre cerró la puerta al salir—. Tengo que conseguir que aparezca mi hada de los sueños profundos.

Y Ángela se puso a desear con muchas, muchas ganas, y con sus dos manos en el corazón, diciendo:

—Hada de los deseos profundos, deseo con todo mi corazón y con muchísimas ganas que mi miedo a la oscuridad desaparezca y pueda ser igual de feliz por la noche que por el día.

Así estuvo Ángela un buen rato, con los ojos cerrados, concentrada, deseando con todas sus ganas que su miedo se esfumase y pudiera disfrutar de sus noches igual que de sus días. Lo ansiaba con fuerza y desde dentro, con las manos puestas en el corazón, tal como le había dicho su madre, para poder contactar mejor con su hada de los deseos profundos. Lo deseaba tanto que comenzó a sentirlo en su estómago: era como si tuviera una pelota dentro que botaba y botaba sin parar.

—¡Hada de los deseos profundos, deseo con todo mi corazón y con muchas, muchas ganas que mi miedo a la oscuridad desaparezca y pueda ser igual de feliz por la noche que por el día! ¡Hada de los deseos profundos, deseo con todo mi corazón y con muchas, muchas ganas que mi miedo a la oscuridad desaparezca y pueda ser igual de feliz por la noche que por el día! —repetía Ángela sin cesar.

De repente, algo ocurrió: comenzó a notar unas cosquillitas muy agradables en las palmas de sus manos —que aún tenía puestas sobre su corazón—. Abrió los ojos y vio que de entre sus dedos salía una luz dorada preciosa. Con curiosidad de ver qué era esa luz y porque no aguantaba más la risa de las cosquillitas, levantó las manos de su corazón, ¡y cuál fue su sorpresa! Un hada pequeñita y muy brillante volaba delante de ella, mirándola con cara sonriente. ¡Era ella!

—¡Hola, Ángela! Soy tu hada de los deseos profundos. Siempre estoy dentro de ti, en tu corazón, y he salido porque he sentido que has tenido un deseo muy, *muuuy* profundo y con muchas, muchas ganas, y quiero ayudarte a cumplirlo.

Ángela, boquiabierta y contenta por ver al hada, dijo:

—Hola, hada de los deseos profundos, gracias por haberme escuchado. Es que paso mucho miedo por las noches cuando llega la hora de dormir: veo sombras que se mueven, escucho ruidos que me hacen sentir escalofríos… y, cuando logro dormirme, tengo pesadillas y sueño con monstruos que me persiguen. Ya no sé qué hacer con este miedo.

—¡Sácalo a bailar! —le contestó el hada riendo.

—¿Cómo dices? ¿Bailar con el miedo? ¡Eso es imposible! —replicó Ángela.

—No hay nada imposible, Ángela. En tu interior está todo lo que necesitas para superar cualquier miedo. Además, nunca estás sola: tus hadas estamos siempre contigo y te escuchamos siempre. Es hora de que conozcas a otra hada: a la bailarina de miedos. Ella, al igual que yo, también habita dentro de ti; vive en tu cabeza, donde están todos tus miedos, y tiene muchas cosas que contarte sobre ellos porque los conoce muy bien. ¿Quieres que salga la bailarina de miedos?

—¡Sí, por favor! ¡Que venga! ¡Que venga! —gritó entusiasmada Ángela. Se sentía muy alegre por conocer a dos de las hadas que vivían dentro de ella.

—Para que la bailarina de miedos salga a ayudarte con tu miedo, solamente tienes que cerrar muy bien los ojos, poner tus manos en la cabeza, y decir estas palabras mágicas: «entre danzas y cantares, para mi sosiego, ¡enséñame a bailar con mi miedo!». Entonces, ella aparecerá. Escucha con atención lo que te dirá pues nunca lo has de olvidar.

Y el hada de los deseos profundos, que ya había cumplido con su labor, se metió de nuevo en el corazón de Ángela, donde siempre estaría hasta que la niña tuviese otro deseo profundo.

Ángela, muy agradecida, se tocó el corazón y, susurrando, dijo:

—Gracias por tu ayuda, hada de los deseos profundos. Ahora ya sé que siempre estás ahí.

Contenta porque ¡acababa de conocer a un hada!, se puso a recordar lo que el hada de los deseos profundos le había dicho hacía unos instantes acerca de la otra hada, la bailarina de miedos. ¿Cómo sería eso de bailar con el miedo?

—¡Voy a llamarla para que me ayude! —pensó Ángela. Así que, como le había dicho el hada de los deseos profundos, cerró muy bien sus ojos, se puso las manos en la cabeza y dijo las palabras mágicas—: Entre danzas y cantares, para mi sosiego, ¡enséñame a bailar con mi miedo!

Inmediatamente notó de nuevo cosquillitas en sus manos, que aún mantenía sobre su cabeza. Las levantó… ¡y ahí estaba su otra hada!, también pequeñita y *muyyy* brillante. Volaba haciendo unos giros delicados que formaban parte de un baile tan hermoso que Ángela se sentía hipnotizada. Nunca había visto unos movimientos tan bonitos como esos.

—Hola, Ángela. soy la bailarina de miedos. Vivo en tu cabeza, junto con todos tus miedos, y, como me has llamado, he venido para enseñarte a bailar con tu miedo a la oscuridad.

—Muchas gracias, bailarina de miedos, pero no entiendo cómo se podría bailar con el miedo. ¿Me lo puedes explicar, por favor? —le pidió Ángela, educadamente, al hada.

—Claro que sí. Verás: los humanos tenéis un concepto equivocado de los miedos. Los veis como algo malo y ellos no son malos sino todo lo contrario: aparecen para ayudaros a crecer, a desarrollar vuestra confianza en vosotros mismos y a sacar toda la fuerza que todos y cada uno de vosotros lleváis dentro. Sin embargo, como no los entendéis, los miedos se sienten tristes porque vosotros los teméis y no queréis ni verlos y no os dais cuenta de que, realmente, son vuestros amigos. Pobres miedos.

—¿Los miedos son nuestros a.. a.. a.. amigos? —titubeó Ángela, sorprendida por lo que estaba escuchando.

—Eso es. Por ejemplo, en tu caso ha aparecido el miedo a la oscuridad. ¿Lo has visto alguna vez? —preguntó la bailarina de miedos.

—No. Solamente lo he sentido —respondió Ángela.

—No lo has visto porque no lo has querido ver. Cuando aparece ese miedo, tú cierras los ojos con fuerza y quieres que se vaya, sin importarte lo que él siente y sin querer escuchar lo que quiere enseñarte para ayudarte a crecer. Entonces, lo que ocurre es que aparece con más fuerza para pedirte que lo escuches, pues hay algo importante que tienes que aprender, pero tú sigues sin querer verlo ni escucharlo. Es así como, separados, ninguno de los dos realiza su labor: tú no aprendes a entenderlo y él no logra enseñarte lo que necesitas para crecer valiente, fuerte y emocionalmente sana.

—Bailarina de miedos, yo no quiero que el miedo esté triste. Me gustaría ser su amiga, pero no sé cómo puedo hacerlo —dijo Ángela con pesar.

—Ya te lo dijo el hada de los deseos profundos: ¡baila con él! Para eso, tienes que querer verlo delante de ti y tener los ojos muy abiertos para poder verlo, y también los oídos bien dispuestos a escuchar lo que él te quiere explicar sobre para qué ha aparecido en tu vida. Dime, Ángela: ¿de verdad quieres ver delante de ti al miedo a la oscuridad?

—¡Sí! ¡sí! Me da un poco de miedo pero… ¡quiero verlo! —respondió Ángela.

La bailarina de miedos comenzó de nuevo a danzar, echando un poquito de su dorado polvo de hada sobre la cabecita de Ángela, y de ella salió volando otro pequeño ser… ¡era el miedo a la oscuridad! Y este, nada más ver a la bailarina de miedos, se puso a danzar con ella y a reír y reír...

Ángela disfrutaba del espectáculo. ¿Quién le iba a decir a ella que esa noche vería a un hada y un miedo bailando juntos? Ella sola se reía, aún asombrada, por lo que estaba viendo.

El miedo a la oscuridad era muy curioso: su cuerpo era una especie de bola gris con ojos, nariz y boca, y luego tenía muy finos sus brazos y piernas. A Ángela le hacía gracia porque pensaba que parecía un lacasito con patas y brazos. No obstante, ¡no veas qué bien bailaba! Por detrás de su cuerpo de bola gris tenía pegada otra bola preciosa que era dos veces más grande que él y que lucía con una hermosa luz color violeta. Ángela no podía dejar de mirarla.

Cuando la bailarina de miedos y el miedo a la oscuridad terminaron su baile, ambos dirigieron sus miradas a la niña, quien aún seguía asombrada, y el miedo dijo:

—Hola, Ángela. Muchas gracias por haber querido verme. Ahora puedo contarte para qué me llevo apareciendo en tu vida todo este tiempo. Verás: he venido para que aprendas que detrás de cada uno de tus miedos hay algo maravilloso. Ya has visto mi luz violeta, ¿verdad? He visto en tus ojos que te encanta.

Pues, cuando entiendas qué más he venido a enseñarte, todo mi cuerpo se transformará en esa luz violeta y tú ya no verás la parte gris sino que sólo verás la hermosa luz violeta que tanto te ha gustado. ¡Soy el miedo a la oscuridad!, así que dime: ¿qué crees que he venido a enseñarte?

—Aún no lo sé, pero voy a descubrirlo para poder disfrutar de mis noches igual que disfruto de mis días —respondió Ángela con buen talante.

—Eso me gusta. Entonces… ¿vas a sacarme a bailar o quieres volver a cerrar los ojos para no verme? Sólo tú puedes decidirlo —afirmó el miedo.

—¡Bailemos! —dijo Ángela—. ¡Me encanta bailar!

Extendió su mano con la palma hacia arriba para que el miedo a la oscuridad pudiera posarse en ella. Él así lo hizo y juntos empezaron a danzar, a dar vueltas sin parar, y no dejaron rincón de la habitación que no fuese acariciado por su baile.

La bailarina de miedos los aplaudía por su coreografía y, feliz de verlos y con su labor ya cumplida, volvió a introducirse de nuevo en la cabeza de Ángela, donde estaría siempre atenta para cuando apareciesen otros miedos con los que bailar y aprender.

Así fue como Ángela se atrevió a bailar con el miedo a la oscuridad. Mientras lo hacía, se dio cuenta de que ya no sentía esa angustia que tenía antes, ni ese nudo en el estómago, ni escuchaba más ruidos que la bella música que ella y su miedo bailaban; ¡estaba bailando en la oscuridad! Ahora sólo disfrutaba del baile y sólo veía esa preciosa luz violeta que brillaba cada vez con más intensidad hasta iluminar toda la habitación. ¡Lo había logrado! ¡Se había hecho amiga de su miedo!

—¡Ya lo entiendo! —le dijo Ángela al miedo a la oscuridad—. Has venido a enseñarme que la oscuridad también tiene cosas bonitas, al igual que la luz. Por ejemplo: sólo durante la noche puedo ver las estrellas porque por el día no se ven. Has venido a enseñarme que siempre hay algo bonito detrás de un miedo, como tu preciosa luz violeta, y que sólo tengo que querer ver a mis miedos delante de mí y sacarlos a bailar para aprender juntos una nueva lección, porque tú y todos los demás miedos ¡sois mis amigos!

—¡Así es, Ángela! ¡Enhorabuena! ¡Lo has hecho muy bien! Has sido valiente y muy lista. Has entendido y aprendido lo que venía a enseñarte, así que yo ya no apareceré más. Quizás, a medida que vayas creciendo, te aparezcan otros miedos diferentes, pero ya será distinto porque tú ya sabes qué hacer —le dijo el miedo a la oscuridad antes de guiñarle un ojo como muestra de complicidad—. Adiós, amiga Ángela. Sé muy feliz por el día y por la noche disfruta de un buen descanso, con lindos sueños y cielos llenos de estrellas que brillan y tintinean para saludarte.

Así, el miedo a la oscuridad, contento por haber cumplido su labor, volvió a introducirse en la cabeza de Ángela para no volver a salir más, puesto que ella ya no tenía miedo a la oscuridad.

Ángela se quedó en silencio y, por primera vez en mucho tiempo, empezó a ver su habitación de manera diferente en la oscuridad. Nunca se había fijado en lo bonitas que eran las estrellas luminosas que su madre había pegado en su techo hacía unos meses; observó las preciosas siluetas que la tenue luz de su lamparita de noche dibujaba sobre las paredes; escuchó los sonidos de la noche y supo que eran las hadas y otros niños bailando con los miedos.

Con una mano en el corazón y otra en la cabeza, mientras jugaba a imaginar que bailaba de nuevo con sus hadas y sus miedos, Ángela se durmió y nunca más tuvo miedo a la oscuridad.

# SOBRE LA AUTORA

Mi nombre es Ainhoa Villanueva y vivo en Aguilar de Campoo (Palencia).

Trabajo como *coach* con PNL y formadora.

Escribí este cuento para que se enseñe desde pequeños a los niños y niñas a entender sus miedos y llevarse bien con ellos en lugar de huir de ellos. Quiero transmitir la idea de que se puede ser feliz incluso con miedos ya que, en realidad, estos son nuestros amigos que nos ayudan a crecer.

Contacto: info@ainhoavillanueva.es
Web: https://www.ainhoavillanueva.es

Yasmina Vico Marrero

# El secreto de Desiderio

Un día más, Anthony se levantó feliz. Él era un violín de rancio abolengo —así es como se dice en música «de gran prestigio»— pues pertenecía a una familia antiquísima de violines conocida, respetada y admirada en el mundillo de la música.

—Soy un S-tra-di-va-ri-us —se decía sí mismo cada mañana al mirarse al espejo mientras sus cuerdas se tensaban, henchidas de orgullo, y un brillo se desprendía de su madera.

Era una responsabilidad que había caído sobre sus cuerdas y que él había aceptado con orgullo.

A Anthony le gustaba el orden y la armonía; sus amigos lo sabían. Alfredo, el violonchelo, y Elvira, la trompeta, lo conocían bien. El último en llegar era Carlos, el saxo. Sin embargo, su mejor amigo era Pablo, un joven músico prometedor… Ellos estaban en sintonía, nunca mejor dicho —no sé si me entiendes—.

Pablo sabía desprender de Anthony las más bellas melodías, unas veces suavemente y otras pellizcando sus cuerdas pero siempre, siempre, el resultado era sublime. Él se ponía en manos de Pablo y se entregaba, y en respuesta a esta unión surgían ovaciones interminables que reconfortaban a nuestro querido Anthony. Él sentía que esa era su razón de ser. Él había nacido para entregarle al mundo su música, la melodía de su interior.

Así pasaban los días: de concierto en concierto y de ovación en ovación, hasta que un día Pablo llegó y comunicó que tenía una gran noticia.

—¡¡Chicos!! Tengo una idea: ¿por qué no ampliamos el grupo? Me gustaría probar cosas nuevas y ofrecer nuevos conciertos más frescos, oxigenarnos un poco...

Los humanos hablaron animadamente mientras los instrumentos cogían aire y, sin atreverse a soltarlo, miraban de reojo a Anthony. Todos sabían que a él no le gustaban los cambios.

Anthony asomó su voluta por encima de la funda con la ceja levantada al tiempo que, atónito, preguntaba:

—¿Oxi... qué? ¿Qué música tocaremos? ¿Esa locura de reguetón?... ¡Me niego!¿Quién me tocará? *¿Dóoonde...?* ¿Dónde vamos a tocar?... *¡Aaaaahh!... Noooo,* no, no... ¡En antros de mala muerte *noooo...!*

Así pasó un buen rato, echándose las cuerdas a la cabeza por los cambios que se avecinaban. Oscilaba entre el enfado más iracundo y la tristeza más llorona.

«¡Cómo...! ¿Cómo se le ha ocurrido a Pablo traicionarme de esa manera? ¡A mí, que tanto he compartido y tanto he hecho por él!», se repetía Anthony por las esquinas con voz lastimera antes de dejarse caer al suelo con la elegancia de una pluma y un gesto de fatal sufrimiento.

Anthony estaba atónito, perplejo, anonadado, dispuesto a darle a Pablo un ultimátum:

«Si continúas con esta absurda idea, me iré con la música a otra parte», pensó en decirle de forma airada, acompañando sus palabras con un giro desdeñoso.

No obstante, los días pasaron y el joven Anthony comenzó a aceptar los cambios que proponía Pablo. Al fin y al cabo, en la vida todo era cambio y un poco de meneo no le vendría mal.

Después de muchas pruebas de sonido y audiciones, el grupo aceptó a la señora Batuta, que llevaba la voz cantante: una mujer de experiencia en el arte de la dirección, de exquisita madera y que había participado en las mejores obras. Su fama la precedía.

Sin embargo, Pablo seguía buscando algo más, Anthony pensaba que ni él propio Pablo sabía el qué. En su interior pensaba: «¿para qué necesita a alguien más? Si ya estoy yo».

Su amigo tenía algo en mente, a pesar de ello, y Anthony confiaba en él, así que, dejando de lado su dolorcito, continuó asistiendo a las audiciones.

Los días pasaban y con ellos las esperanzas de encontrar un nuevo instrumento con ese sonido que anhelaba Pablo. Anthony no soportaba más tanto maltrato a sus oídos, así que decidió no continuar escuchando a esos infames aporreadores de instrumentos y se refugió en el baño con la esperanza de estar a salvo de ese gallinero que llamaban «estudio».

Aliviado al sentirse a salvo en ese lugar más privado, cerró la puerta tras de sí y, apoyado contra ella, miró al cielo con la esperanza de encontrar algún alivio. No lo encontró, y se dejó escurrir puerta abajo hasta dar con su trasero en el suelo.

—¿Cuándo va a terminar esta tortura…? —pensó nuestro querido Anthony.

En ese momento, como caídas del cielo, unas notas se fueron colando por la cerradura de la puerta… por el bajo… por la parte alta. Cada vez más, ese sonido iba invadiendo el espacio y pintándolo con cientos de notas que rellenaban los vacíos que había en la sala. En unos segundos, todo estaba lleno de música, incluso su corazón. Anthony no lo podía creer. ¿Qué era aquello que tanto lo emocionaba hasta hacerlo levantar del piso?

—¿Qué es esto? ¿Quién toca así? —se preguntó mientras se desparramaba por el suelo con su aire dramático a lo *Misión Imposible* para lograr ver quién tocaba.

Anthony no podía salir de su asombro: un piano, desvencijado y sin gracia, de barniz viejo y descolorido, tocaba como quien respira, de la forma más natural que jamás había visto.

Anthony se frotó los ojos. ¿Cómo podía ser que semejante personaje fuese el creador de esa melodía? No era fino ni gramuroso sino un piano tosco, con aire tímido y descuidado… hasta de tapa caída.

Anthony abrió asombrado los ojos. ¡No lo podía creer! Para él, los verdaderos artistas lo llevaban escrito en la cara.

En estas estaba cuando, sin darse cuenta, se dio un tremendo coscorrón en la cabeza al sacarla demasiado por el hueco que quedaba entre el suelo y la puerta.

Nuestro amigo, al sentirse descubierto, pronunció una palabra que no repetiremos por grosera. Ya ves, hasta los violines de rancio abolengo dicen tacos. Rápidamente se recompuso para hacerse visible con algo más de dignidad.

—Hola —pronunció como si fuese de lo más natural levantarse del suelo en un baño público.

El joven piano, atropelladamente, le respondió soltando un gallo un poco extraño mientras una de sus patas resbalaba al tratar de alejarse del hermoso violín. :

—*¡Hooolaaa!*

Anthony le tendió su arco para saludarlo como correspondía pues, aunque lo hubiesen sorprendido tirado en el baño, no quería decir que sus modales también estuviesen también por el suelo.

—Me llamo Anthony, ¿y tú eres...?

El piano comenzó a dar golpes con la tapa de forma repetida y descontrolada; se sentía descubierto y su vergüenza tomaba todo el control sin que él pudiese hacer nada al respecto. Anthony, por su parte, no salía de su asombro. El piano, tras hacer un esfuerzo y mirar de reojo a Anthony, contestó.

—Desiderio —acertó a decir, esta vez sin un gallo—. Mi nombre es Desiderio —repitió dándole la espalda a nuestro violín.

Anthony, curioso como era, se acercó a él hasta casi acorralarlo contra el lavamanos. El joven Desiderio, huyendo de su contacto, activó el secamanos y, dando un grito aterrador, saltó al otro extremo de la estancia. Quedó frente a Anthony, quien, extrañado, no podía entender lo que pasaba.

Ese Desiderio era bastante raro. Al verlo ahora de frente, estaba mucho más desvencijado de lo que había pensado en un principio: sus teclas estaban desordenadas, había teclas negras donde no correspondía y algunas de ellas eran de madera en lugar de estar lacadas como el resto. Pero… ¿cómo podía ser? ¡Semejante bicho raro era el creador de esa magia musical!

—Hola, Desiderio —dijo Anthony—. ¿Vienes a la audición?

El joven, que había parado de dar golpecitos con la tapa, ahora comenzaba a presionar las teclas sin orden ni razón.

—No sé… Bueno, sí. No. ¡Bueno, sí, yo vine a eso! Pero ahora… no sé… — dijo Desiderio con la mirada perdida.

—¿Qué no sabes, Desiderio?

—Soy un piano especial —dijo roboticamente, sin transmitir emoción ninguna.

—Sí, Desiderio, claro que lo eres. Nadie, *nadieee*… pero nadie, me ha conmovido como lo has hecho tú —le respondió Anthony.

—No especial de esos… especial de los otros. De los raritos.

«*Uhmmmm...* Al muchacho no se le escapaba una. Rarito, lo que se dice rarito, sí que es», pensó Anthony.

—Soy un piano Asperger —dijo nuevamente Desiderio sin emoción alguna.

—¿Asperger? *Uhmmmm...* ¿Asperger?… *Nnnooo...* No me suena —dijo Anthony pensativo—. ¿Qué fabrica es esa? —preguntó de nuevo mientras se esforzaba en repasar mentalmente las familias de la música.

—No, yo soy más sencillo.

—¿De esos pianos por piezas que se arman a lo mueble de Ikea? —contestó Anthony a modo de broma.

—No, hombre. ¿Ikea? Yo soy de mi padre y de mi madre, ¡por Dios! ¡Ikea, dice...! —respondió Desiderio, sorprendido a la vez que molesto por la insinuación de Anthony.

La señora Batuta, que llevaba un tiempo escuchando la conversación también en el baño, se atrevió a intervenir dulcemente, pues no quería asustar al joven teclado.

—Anthony, Desiderio es un piano con necesidades especiales. Él funciona de otra forma. ¿Ves su teclas? Son... algo distintas, ¿verdad? —le explicó a Anthony con dulzura mientras miraba y sonreía a Desiderio sin acercarse a él, ni mucho menos tocarlo, para no violentarlo.

Anthony había oído hablar de ellos, pero nunca se había topado con uno. Siempre tuvo la idea de que eso le pasaba a otras personas y que eran «raritos».

La señora Batuta sabía cómo era. Pareció leer el pensamiento a Anthony y, mirándolo amorosamente, le dijo:

—¿No somos todos un poco raros, Anthony? ¿Acaso cuando fabricaron a tu tataratataratata… tatata… ¡lo que sea! tataraabuelo… no fue raro también? ¿Qué es ser «raro»? A mí me gustan más otras palabras: único, diferente, peculiar… Esas me gustan más que «raro», que suena a extraño y poco valioso.

»Desiderio, como tú, también tiene algo que contarle al mundo y se llama música.

Anthony sonrió al escuchar a la señora Batuta. Siempre ponía en palabras su pensamiento desordenado y superficial; sabía ver más allá y no se quedaba en la superficie, en su imagen estirada. Con sus palabras lo invitaba a la reflexión y a ver las cosas en su profundidad.

—Desiderio —dijo Anthony, lleno de resolución, acercándose a este—, ven con nosotros. Yo te presentaré.

Al acercarse con ese entusiasmo, las teclas de Desiderio comenzaron a pulsarse una tras otra sin ningún orden, como un tic nervioso, mientras este se iba pegando más y más a la pared.

—¡*Upss!* —saltó Anthony. Miró a la señora Batuta con cara de «yo no fui»—. Señora Batuta, yo me encargo de Pablo. Hoy Desiderio tendrá su oportunidad.

Pasadas unas horas, la sala de la audición estaba en penumbra: sólo se veía a Pablo y a la señora Batuta. El resto del espacio estaba cubierto por un velo de oscuridad. Anthony ya había puesto al día a Pablo y habían acordado crear un ambiente que facilitase a Desiderio mostrar su arte sin crearle más estrés del necesario.

Este apareció con el borde de la tapa recubierta por los «churros» de natación para que amortiguase los golpesitos; las ruedas estaban frenadas para que no se le escurriesen las patas si se asustaba, y así, de esta guisa, Pablo le hizo una señal a la señora Batuta. Esta se alzó, satisfecha, ante ese suave gesto, y, con su estilo característico y ágil, danzó por el aire para indicarle a Desiderio que era su momento.

El joven piano, con una belleza desconocida hasta entonces, estremeció sus cuerdas y de su interior se desprendió una melodía delicada que acariciaba el aire y que recorría por la habitación. Como pequeños copos de nieve, las notas bailaban y bailaban sin cesar y se deslizaban en los oídos de los asistentes que, arropados por la oscuridad, escuchaban las notas como besos de mariposa.

Tímidamente, el resto de instrumentos comenzó a sonar y más notas se unieron a ese baile invisible entre la música y el aire. Cada nota era más conmovedora que la anterior y, así, subiendo y bajando en intensidad, entrando y saliendo de la composición, Anthony se sintió tocado en lo más profundo de sus cuerdas e hizo lo que mejor sabía: dejarse llevar y desprender las más bellas notas que de él habían salido hasta entonces.

Pasaron varios minutos, luego horas, hasta que todos sintieron que era el momento de parar. Desiderio pronunció sus últimas notas como las últimas gotas de lluvia anuncian la calma.

Hubo un silencio profundo y largo. Todos necesitaban despedirse del sonido que habían creado juntos en brazos de Desiderio. Detrás de ese silencio, cada uno de los músicos se fue retirando con una sonrisa en el rostro como despedida.

Desiderio abrió los ojos al terminar. Miró alrededor aún en penumbra y, antes de recibir una ovación, abandonó la sala para proteger sus delicados oídos de la efusiva admiración que provocó su interpretación.

Pablo miró a Anthony. Sus ojos estaban enrojecidos por la emoción.

—Es él a quien busco. Es ese el sonido que estaba buscando. Ya tenemos un nuevo componente —susurró Pablo con una sonrisa en los labios—. Aunque es un poco raro, ¿no?

Anthony, sonriendo, pasó su arco por los hombros de Pablo mientras le decía…

—¿Y quién no es raro hoy en día? Además, lo raro es diferente, único... ¿no te parece?

Así, el querido Desiderio fue no sólo deseado sino aceptado con su singularidad y tocó durante años con su nuevo grupo de amigos.

# SOBRE LA AUTORA

Mi nombre es Yasmina Vico. Vivo en la preciosa isla de Gran Canaria, cerca de África.

Soy maquilladora, asesora de imagen y *coach*. En la actualidad, me estoy formando como integradora social.

Estoy enamorada del género humano, sobre todo de su singularidad. Esa es la razón por la que escribí mi cuento. Creo que todos tenemos algo único e irrepetible que sólo nosotros podemos expresar y sin la cual el mundo no sería el mismo.

Así nacen Anthony y Desiderio, dos personajes diferentes, opuestos donde los haya, que son mejores cuando cada uno regala al mundo su «arte».

Es una historia inclusiva y divertida que espero que te anime a aceptar a todos con sus características y que te des la oportunidad de enriquecerte con ella.

Contacto: yasminavico@gmail.com

# Lourdes Sosa Peñate

## *Doña Pepi*

# Doña Pepi

Cada noche, antes de irme a acostar, me venían a la mente todas las grandes cosas que había hecho durante el día: levantarme, desayunar un vaso de leche y galletas, lavarme los dientes, ir al colegio...

Aunque no todo era tan maravilloso.

¡El colegio...! Al tocar la sirena, iba corriendo al aula donde estaba mi maestra. Ella acababa de llegar al colegio y le había tocado ser la tutora de mi curso, quinto A. La maestra nos regañaba en alguna ocasión pero era muy buena con nosotros; yo creo, incluso, que era una bruja.

—¿Una bruja?

¡Sí, una bruja!

Pero, antes de contarles más sobre mi maestra, doña Pepi, les diré algo más sobre mi escuela: por fuera era de color rojizo como una teja y amarillo como el sol, pero por dentro era gris como una tormenta cerrada de invierno.

Yo tenía pocos amigos y, de entre ellos, también algunos que no entendía muy bien por qué lo eran ya que casi todos los días acabábamos arrestados o en el despacho de la directora.

Todos los días me peleaba con los mismos niños, la pandilla de los abusones, y, aunque yo quería estar tranquilo, ellos venían a molestarme. A veces me insultaban y me tiraban cosas y yo, cansado de pedir que pararan y de contárselo a los maestros y mis padres, empecé a insultar y a pelearme con los demás niños también. Día tras día estaba penado. No quería volver a ese lugar, ya no me lo pasaba tan bien.

Un día en el patio, doña Pepi, cansada de ver lo que ocurría, se plantó en medio de la cancha con una caja enorme que no le cabía en sus manos.

Doña Pepi era una maestra mayor, con su ropita de abuela, falda negra, zapatos puntiagudos, camiseta de botones con encaje, una rebeca tan larga que le llegaba hasta los pies y unas gafas tan grandes que escondían sus enormes cejas. Ella, con todas sus fuerzas, agarró la caja y la colocó en medio del patio. Entonces sacó de ella un altavoz y un micrófono. Buscó un cable y lo conectó al primer enchufe que encontró.

De repente, con el micrófono en la mano, empezó a decir unas cosas rarísimas.

—¡Sapos y salamandras, pata de conejo, con este conjurejo voy a cambiar mi colegio!

Todos los niños y niñas se empezaron a reír, pero doña Pepi repitió la misma frase con un tono más fuerte y en voz alta.

—¡Sapos y salamandras, pata de conejo, con este conjurejo voy a cambiar mi colegio! —Con las manos, nos animó a que le ayudáramos a decir el conjuro—. ¡Piel de serpiente, ancas de rana, cambiaré el colegio hoy y mañana!

Cada vez más, los niños y las niñas se agrupaban a la maestra, atentos a lo que decía.

—Transformar el colegio deseo. Magos quiero, fuertes como un roble, sabios como un sauce, flexibles como el bambú… Necesitaré también guerreros que luchen por los más pequeños y por las injusticias, aquellos que ahuyenten las peleas; campesinos que sólo siembren semillas divinas; trovadores y bufones para que en el patio solamente se escuchen canciones.

»¡Para poder realizar el conjuro conjurejo, tres pasos realizaré! Primero necesito un grandísimo caldero.

Seguidamente, de la caja sacó el más grande que yo había visto nunca. Repartió a cada niño trocitos de papel en donde nos invitó a escribir las cosas negativas que queríamos cambiar del colegio. Uno a uno, fuimos introduciendo dichos papelitos en el recipiente.

—¡Paso dos! Un brebaje mágico introduciré, lleno de energía y alegría, con la fuerza de los volcanes. Un líquido verteré y la magia se producirá a la de uno… dos... y…

Los niños no cabían en su asombro con lo que iba a ocurrir, tenían los ojos tan abiertos que parecía que se les iban a salir de sus órbitas. A la espera de que ocurriera un milagro, no se escuchaba ni el vuelo de una mosca. Todos estaban en máximo silencio. Sin embargo, no pasó nada… nada de nada.

Seguidamente, doña Pepi exclamó:

—¡Claro! Para poder terminar el tercer paso, una formula diré, pero necesito la ayuda todos de ustedes. ¡Repetid la frase, jóvenes valientes, magos, guerreros, hadas y campesinos! Todos a la vez: a la de una… a la de dos… y a la de… ¡tres!

—¡Sapos y salamandras, pata de conejo, con este conjurejo voy a cambiar mi colegio!

Del caldero salieron llamas de colores como fuegos artificiales. Todos los presentes se quedaron asombrados mientras de fondo se escuchaba la frase nuevamente.

—¡Sapos y salamandras, pata de conejo, con este conjurejo voy a cambiar mi colegio!

El viento no quiso perderse este momento ni tampoco otros elementos atmosféricos, ya que, al mirar para las nubes, estas empezaron a oscurecerse. Una tromba de agua cayó de los cielos acompañada de truenos y relámpagos. Parecía que el negro cielo se iba a caer sobre nuestras cabezas. Corriendo como si el alma nos la llevara el diablo, fuimos todos a buscar un refugio y, al sonar la sirena, el sol volvió aparecer como si de arte de magia se tratase.

No sé qué pasó, pero para mí hubo un cambio desde entonces.

Llegué a casa tras finalizar las clases con muchas dudas e inquietudes. Lo ocurrido me había parecido un sueño del cual no me quería despertar. No cabía en mi asombro.

Me pasé toda la tarde imaginándome ese fantástico colegio con guerreros, hadas, magos, caballeros, todos juntos combatiendo para conseguir un lugar mejor.

Al día siguiente, me desperté antes de que sonara el despertador, me vestí con mucha agilidad y, casi sin desayunar, me fui corriendo al colegio. Al entrar por la puerta principal, escuché cantar a mis compañeros y creí ver a muchos de ellos disfrazados de los personajes de la historia de doña Pepi.

Los niños en el patio se reunieron en pandillas y hablaron de lo que habían visto: unos incrédulos, otros contentos, algunos asustados, pero todos ansiosos por entender qué había pasado el día anterior.

Yo, convencido de que era una oportunidad, reuní a todos mis amigos, hasta los más gamberros. A cada uno le comenté la idea de crear un grupo: los guardianes del fuego. Así se iba a llamar. A los abusones y más pillos, por su fuerza, los convertiría en los guerreros o vigilantes; a los más calladitos o tímidos los transformaría en los magos que siempre buscarían crear diferentes tipos de juegos y actividades para que el patio no fuera aburrido, y así con cada uno de los que quisiera embarcarse en esta aventura.

Los reuní a todos y, uno por uno, fui explicándoles el plan. Les gustó el nombre.

Algunos niños y niñas generaron una bandera y, otros, un grito de equipo.

Para que este plan llegara a buen puerto tenía que hablar con la mayor hechicera del colegio. ¿Quién si no? ¡La maestra Pepi!

Fui corriendo a su aula pero no la encontré, a la sala de estudios y tampoco; a la biblioteca, a la sala de ordenadores… Me recorrí todo el centro, pero no estaba. A lo lejos vi al jefe de estudios y le pregunté por la profesora. Don José Manuel, con cara extrañada, me preguntó:

—¿Quién es doña Pepi?

Por un momento pensé que me estaba vacilando y le respondí:

—Sí, ella es la tutora de quinto de primaria.

Don José Manuel era un señor bastante olvidadizo, pero no creo que fuera para tanto su despiste. Me volvió a contestar, muy serio, que en su equipo de profesorado no había nadie con ese nombre.

Volví al aula para poder aclarar lo que pasaba. Cuando entré por la puerta y pedí disculpas por mi tardanza, elevé la cabeza y había otro profesor. Me dejó pasar a mi asiento y levanté la mano para preguntarle quién era él y dónde estaba mi tutora.

Este joven maestro contestó muy amablemente.

—Buenos días, alumnos. Me llamo Samuel, soy el nuevo tutor de quinto y estoy aquí para ayudarlos en lo que esté en mi mano. La antigua maestra estaba de paso en este colegio, espero que hayan aprendido mucho con ella.

—¿Y ahora? ¿Qué haremos con el grupo? —exclamé en alto sin darme cuenta. Don Samuel, el nuevo profesor, con mucha intriga, me pidió que me levantara, me acercara hasta su mesa y dijera en alto a toda la clase lo que había dicho.

Me levanté y empecé a contar la grandísima idea de formar el grupo los guardianes del fuego. Comenté que, como equipo, podríamos hacer que no hubiera ni más peleas ni problemas en el patio, y que cada uno era importante para que este plan funcionase.

Todos los niños aplaudieron y confiaron en esta nueva idea, hasta incluso don Samuel, quien comentó en alto que él mismo ayudaría y pondría todas sus fuerzas para conseguir ese fin.

Ha pasado casi un mes desde que se realizó el conjuro. Todos los días, en el recreo, nos reunimos para elaborar las actividades de la siguiente semana y a nuestro lado, siempre, está mi nuevo tutor. Aunque él no lo sabe todavía, estoy seguro de que es un caballero andante, con su armadura incluida y su hermoso corcel, que ha venido a luchar con nosotros en esta nueva aventura.

Siempre agradeceré a doña Pepi sus ganas de cambiar, de hacer que lo imposible se convierta en posible, y también por aprender que todos necesitamos la ayuda de los demás para que la llama del fuego nunca se apague.

# SOBRE LA AUTORA

Hablar de uno siempre se hace complicado, pero haré el esfuerzo. Comenzando con los estudios y dándoles las gracias a mis padres, soy técnico en Animación Sociocultural y diplomada en Trabajo Social, he realizado varios cursos como Lengua de Signos Española, Maestría de Reiki Española y Expresión Emocional. Por otro lado, soy *scout* en el alma y corazón desde muy temprana edad.

El motivo de este cuento es dar esperanza no sólo a los menores sino a los maestros, así como mostrar que el centro educativo debe ser un lugar de cambio y transformación, un espacio seguro donde los alumnos disfruten y aprendan mientras conviven con otros pequeños grandes seres, que son ellos mismos.

Contacto: lule.sosa@gmail.com

# Dulce Bermúdez

*La sabiduría de Aru*

# La sabiduría de Aru

Una vez, estando en un descanso en mi colegio, me senté a dejar pasar el tiempo del recreo. Me sentía triste y algo perdida… Hacía muy pocas semanas que había empezado las clases y, como ese verano nos habíamos mudado, comencé en este colegio en donde no conocía a nadie.

Bueno, eso no es exactamente verdad: en mi clase estaba también una vecina de mi edad, Lucía. Vivía dos puertas más allá y nos habíamos mudado con diferencia de una semana, así que ella también era nueva allí. Coincidíamos en la entrada y salida del *cole*, pero nunca me hablaba. Me miraba y se daba media vuelta. Parecía enfadada, como si la molestara.

No sabía por qué no le caía bien. Si no me hablaba no podía conocerme y éramos las dos únicas niñas con la misma edad en el bloque de viviendas. A pesar de todo, yo quería acercarme, pero incluso se sentaba lejos de mí.

Mientras pensaba sobre qué podía hacer, se sentaron a mi lado dos alumnas más pequeñas que no tendrían más de ocho años. Una de ellas, muy contenta, le contaba a la otra que habían traído a una perrita perdida a su casa.

—Pues Aru es una cachorrita negra, pero es una perra grande. —Le dio un buen mordisco a su bocadillo de Nocilla y siguió hablando mientras masticaba—. Es cariñosa y apenas la hemos oído. No ha ladrado.

—¿Y no te da miedo, si es grande? Los perros grandes y negros a mí me asustan.

—*Nooo*… ¡qué va! ¡Es más buena…! —Le dio tal mordisco al bolsillo que pensé que se lo quería tragar entero—. Está siempre pegándose a mí, moviendo la cola, e intenta traerme sus pelotas para que juegue con ella.

—¿Duerme contigo?

La niña se encogió de hombros e hizo una mueca. Dio otro mordisco y habló con la boca llena.

—A veces… —masticó un poco—, pero siempre va donde está mi madre… Supongo que es porque es la que más le da de comer.

—Ah… —contestó su compañera. Se llevó la pajilla a los labios y absorbió ruidosamente su zumo de mango—. Pero tú tenías otra perra más pequeña, ¿no?

¿Se llevan bien?

—Ahora sí, pero, al principio, Nala ni la miraba, ¡y mira que Aru lo intentaba! Además, se recostaba lejos de ella en el sillón y, si se le acercaba mucho, le gruñía.

—Pobrecita… —contestó la amiga.

En ese momento, confieso que me dediqué a espiar lo que hablaban. Aquella situación llamó mi atención, aunque no estaba muy segura sobre qué tendría en común una perra con mi situación. Sin embargo, algo me decía que era algo muy parecido a lo que yo estaba viviendo con Lucía, mi vecina.

—Pero no se pelean, ¿verdad?

—Un par de veces le ha enseñado los dientes y algunas le ha dado un buen ladrido de advertencia en el hocico.

—Pero si ella no le hace nada… ¡Vaya malas pulgas la de Nala!

—Ya. —Se acabó el bocadillo y arrugó el papel de aluminio hasta hacerlo una bola—. Tal vez estaba acostumbrada a otra cosa. Yo creo que la ve como una intrusa en casa.

—¿Y ahora? ¿Cómo van?

—Pues Aru la invitaba siempre a jugar… se acercaba, le dejaba pelotas cerca, intentaba acercarse a lamerla… pero Nala no se dejaba. No la quería.

—Hay pobrecita… Me da pena… —repitió la amiga mientras metía la pajilla dentro del tetrabrik de zumo— Estaría muy triste… Estar sola, perdida y luego que su compañera no la quiera… ¿no se pone triste?

—Al principio. Te miraba como si no comprendiera qué pasaba. Pero es muy lista… ¿sabes lo que hizo, la muy pilla?

El tono cambió a más alegre y noté cómo la amiguita se giraba en el banco para escuchar la historia con más atención.

—Cuéntame, cuéntame.

—Cuando la sacábamos para que orinaran, Aru observaba de lejos a Nala. Durante varios días vio cómo se acercaba a los matorrales, intentando cazar lagartos… Siempre a distancia para que Nala no se enfadara con ella. —Ahora fue la narradora quien se giró, quedándose literalmente de espaldas a mí—. Un día se fue al mismo matorral que ella pero se puso al otro lado, frente a Nala. Con las patas delanteras daba pequeños brincos para mover el matorral, así un día tras otro… ¡hasta que, un día, una lagartija salió disparada a esconderse!

—¡*Wauuuu…!* ¿Y qué hicieron las perritas?

La narradora se rio con ganas, satisfecha. Disfrutaba al ver la atención de su compañera y cómo le brillaban los ojos de curiosidad.

—Las dos echaron a correr detrás.

—¿Y la atraparon? ¡Qué asco!

—No. Es difícil porque las lagartijas son muy escurridizas, pero ellas se divierten persiguiéndolas. —Levantó la cara, miró al frente como si estuviera pensando y siguió contando con aire autosuficiente—. Yo creo que Nala vio que Aru sólo intentaba ayudarla en lo que le gustaba y, poco a poco, dejó que se acercara. Ahora juegan juntas y son inseparables.

—¡Qué bonito! Oye: ¿tú crees que, si voy una tarde a tu casa, podría jugar con ellas? A lo mejor Aru, si es tan buena, no me da tanto miedo.

—Estoy segura. Les encanta que les hagan caso. Te gustará.

En ese momento sonó la campana. El recreo había terminado y mis compañeras de banco saltaron y se dirigieron corriendo a su clase.

Yo fui un poco más despacio pero con una sonrisa en mi cara. Mi imaginación iba pensando en cómo observar a mi vecina para conocer qué le gustaba o qué necesitaba. Estaría atenta e iría poco a poco… pero algo me decía que podría conseguir ser su amiga.

La verdad es que es curioso cómo un animal puede entender que debe tener paciencia, a la vez que debe seguir insistiendo, para conseguir su objetivo poco a poco. Aru así lo hizo y, a pesar de que ella era «la intrusa» en la casa y la más joven —cosa que incomoda a los perros mayores—, consiguió ganarse el cariño de Nala.

A veces podemos encontrar la solución a nuestros problemas observando el mundo animal o la naturaleza. Dentro de ser animales o plantas, hay una sabiduría en ellos, muy simple y básica pero muy eficaz.

Esto que te he contado sucedió el curso pasado. En este, Lucía y yo somos inseparables. Vamos y venimos juntas al *cole*, dormimos con frecuencia en la casa de la otra, salimos a jugar, merendamos y estudiamos juntas.

Cuando nos conocimos, ella estaba muy, muy triste. Había dejado atrás a su mejor amiga, que se marchaba a otro país ese verano. Sabía que no volvería a verla y estaba tan, tan enfadada con lo que pasaba que había decidido no volver hacerse amiga de nadie.

Gracias a la intuición de una perra cachorrilla, que fue abandonada y estuvo perdida, gané la amistad de quien ahora es mi mejor amiga.

# SOBRE LA AUTORA

Mi nombre es Dulce Bermúdez y vivo en Gran Canaria.

Soy profesora de Lenguaje Musical, escritora y directora de la Escuela Internacional de Nuevos Escritores (EINE).

Mi relato trata de cómo saber relacionarnos con otras personas, incluso con quienes creemos que nos son hostiles.

Los animales son seres puros y sencillos que nos enseñan los secretos de una vida feliz tan sólo con observarlos con el ánimo de aprender. Nos transmiten muchas cosas, sobre todo amor incondicional.

Si te ha gustado, te invito a seguirme en https://www.dulcebermudez.com

Si quieres ponerte en contacto conmigo, puedes hacerlo en info@dulcebermudez.com

# Purita Cano

*Pedrito, el amigo de Petra*

# Pedrito, el amigo de Petra

Jorge era un niño muy curioso. Preguntaba acerca de todo lo que veía y escuchaba. Era inquieto y juguetón y casi siempre parecía estar muy seguro de lo que hacía.

Sus amiguitos siempre lo buscaban para salir y hacer cosas divertidas; Jorge tenía la capacidad de transformar todo en un juego de aventuras en el que tan pronto había que rescatar un animal de un árbol como perseguir a los malos con las bicicletas. Todo era divertido y mágico.

Jugar con Jorge era un privilegio y, aunque era muy fácil ser su amigo porque era un niño bueno, no le gustaban aquellos que se peleaban o hacían daño a los animales o a otros niños. Con ellos no jugaba, y a veces prefería estar solo a salir a molestar o pelear. Para él todos los niños eran iguales y le gustaba mucho conversar con los extranjeros o con los inmigrantes porque aprendía cosas nuevas, palabras de otros idiomas, juegos, historias…

Su abuela le decía que tuviese cuidado con quién se juntaba y con las cosas que hacía, pero Jorge era a veces un poco temerario porque no le tenía miedo a nada. Bueno, sí: aunque nunca lo había confesado, tenía un miedo terrible a la oscuridad. Lo disimulaba diciendo que era porque no se veía nada y que no era interesante. Siempre se las arreglaba para estar en su casa antes de que anocheciera, con el pretexto de que tenía que hacer los deberes, o buscaba alguna idea para dormir con la luz encendida.

Tenía once años y vivía en una casa en un pueblo muy bonito de Extremadura, con su papá, su mamá y su hermana pequeña, Petra, que lo seguía a todos sitios. Para Petra, él era su héroe.

Jorge solía contarle a sus amigos muchas historias de misterio. ¡Les encantaban! Leía mucho para inspirarse y poder sorprenderlos con nuevas aventuras. Se sentía feliz de ver las caras interesadas de sus amigos.

Incluso Petra, con sus ojazos negros, tan abiertos como podía, lo escuchaba atentamente, sin perder ni una palabra, intrigada por lo que pasaba en el relato y, al mismo tiempo, deseosa de que acabara —pues la mayor parte del tiempo escuchaba muerta de miedo—. Sin embargo, a pesar del temor a lo que escuchaba del relato de su hermano, no decía nada porque, aunque sabía que su hermano cuidaría de ella si pasaba algo, quizás no volviese a dejarla estar con él mientras narraba sus historias, y entonces tendría que quedarse en casa con mamá o papá y se perdería todas las cosas interesantes que hacían Jorge y sus amigos.

Así fue como Petra aprendió a tener cuidado de ella misma: mirando bien cómo y dónde correr o comer o saltar. Fue como si tuviese un sexto sentido que la advirtiese siempre de dónde había peligro y cómo resolverlo. De ese modo, a pesar del miedo, Petra nunca dejaba de hacer las cosas.

Una vez, por la noche, se despertó y vio la luz encendida en el cuarto de su hermano. Aunque toda la casa estaba a oscuras, se levantó, se puso sus zapatillas, tomó su almohada y, sigilosamente —para que los papas no despertasen—, se apresuró en ir a la cama de Jorge.

—No me puedo dormir. ¿Me dejas que me suba a tu cama?

En aquel momento, las cosas se volvieron del revés y fue Jorge quien admiró a su hermana, a esa persona pequeñita que había recorrido sin dudar toda la casa a oscuras para llegar a su dormitorio sin llorar ni llamar a nadie.

—¿Cómo lo haces? —le preguntó Jorge

—¿Cómo hago qué? —contestó ella.

—Viniste a mi cuarto a oscuras. ¿No te da miedo?

—¿A ti sí? —preguntó, a su vez, Petra.

Jorge dudó un momento porque no se lo había dicho a nadie nunca: él, el ídolo de su hermana, se debatía entre fingir y no descubrir cómo lo había conseguido su hermana pequeña o contárselo y dejar de ser su héroe.

Sin embargo, pensaba: «los héroes no mienten o pierden sus poderes». Así lo había leído en todos sus cuentos de pequeño.

Su mamá, la persona mas sabia que había conocido Jorge, le había dicho en alguna ocasión, cuando aparecía algo roto o desaparecía la coca-cola del refrigerador y nadie parecía saber nada sobre ello:

—¿Sabes, Jorge? Si fuiste tú, en vez de Petra, quien tomó la coca-cola, hiciste mal porque te puede estropear el estómago, aunque eso lo vas a padecer tú, pero si me mentiste y culpaste a tu hermana, eso es aún peor porque no voy a poder confiar más en ti y entonces tendré que estar vigilando y prohibiéndote cosas. —Su mamá, entonces, lo acercaba a ella y, con una sonrisa, le decía—: No tengas miedo de decir la verdad. Cualquier cosa que suceda siempre será mejor a que las personas que te conocen desconfíen de ti y se sientan decepcionadas; entonces puede que te tengan miedo y no te crean nunca más.

Todo esto pasaba por su cabeza cuando Petra preguntó de nuevo:

—¿Tú tienes miedo a la oscuridad? ¡Jorge! —le insistió mientras le tiraba de la manga del pijama de Batman que tenía puesto.

Pensó en hacerse el dormido para no tener que responder, pero era tal el volumen de voz de su hermana que, como no le hablara pronto, seguro que se despertarían sus papás. Eso sería mucho peor, pues no tenían muy buen despertar y menos si Petra contaba lo que estaba pasando. Así pues, optó por lo más fácil:

—Sí, pesada. Me da un poco de miedo porque no puedo ver —le respondió muy bajito, casi como si no lo hubiese dicho, mientras le indicaba que se subiera a la cama. Total, Petra era pequeña y tampoco importaba mucho su opinión.

Petra, sentándose junto a su hermano, lo miraba fijamente con sus grandes ojos abiertos, incrédula:

—¿En serio? ¿Tienes miedo porque no ves? A lo que Jorge respondió con otra pregunta:

—Petra, ¿tú no tienes miedo a nada?

—¡Claro que tengo miedo! A muchas cosas. Lo que pasa es que a mí el miedo no me asusta; me asusta que no quieras jugar conmigo o que mamá se enfade, pero el miedo no me asusta —contestó la niña como si fuese evidente.

Ahora quien abrió los ojos fue Jorge. Allí estaba ese pizpajo, dándole una lección de valentía.

—¿No? ¿Cómo haces para que no te de miedo, cuando no se ve nada?

—Pues… porque yo pienso que, si yo no veo, tampoco me ven. Entonces no pueden hacerme daño.

—Ya, pero eso es si no te mueves, pero… ¿cómo haces para caminar?

—Es que, en realidad, sí se ve —le decía Petra muy contenta porque su hermano se interesaba por sus cosas—. Verás: paro un ratito y entonces aparecen las siluetas de las cosas que hay, y ¿sabes una cosa?, parece otra habitación, aunque reconozco a mis muñecos y yo los veo con los colores que me invento, y la recorro con mis manos, y la huelo, y me guía el olor… ¿Sabías que cada cuarto tiene un olor?

—¿Cuándo aprendiste eso?

—No sé. —Petra se encogió de hombros—.

Supongo que mi amigo «el miedo» me lo enseña.

—¿Cómo? ¿Tu amigo el miedo? ¡Pero si es eso lo que da miedo precisamente!

—¿Sí? ¿El miedo no es tu amigo? —dijo la pequeña, incrédula—. El mío sí.

»A mí me ayuda. Yo le llamo Pedrito. Cuando algo me asusta, como cuando creo que te vas a enfadar conmigo o que me vas a dejar en casa, hablo con él y le pregunto: «¿Qué hago con las cosas que me asustan? ¿Qué hago para poder ir?» Y él me contesta cosas como: «Sé cariñosa con Jorge» o «no lo molestes hoy que quiere ir con sus amigos y mañana ya le dices que te lleve». Entonces se me pasa el susto porque siempre me dice: «estáte tranquila, tu hermano te quiere mucho».

»¿Sabes? A veces, cuando juego contigo y haces cosas que me asustan, o cuando escucho tus historias de miedo, le pregunto a Pedrito y él me dice: «no vayas por ahí» o «pídele ayuda» o «vete despacio, que tú eres chiquita, y así no te caerás».

—Y... ¿siempre está contigo...? —Jorge estaba cada vez más intrigado. Ahora era su hermana quien parecía que le estaba contando una historia. Petra, muy animada, interrumpió sus pensamientos.

—Sí, claro. ¿Tú no tienes un Pedrito? Porque te puedo prestar el mío. Seguro que quiere conocerte porque le hablo mucho de ti —le dijo Petra con total naturalidad.

Jorge miraba y escuchaba a la mocosa de su hermana sin dar crédito. ¿Cómo ella había sido capaz de resolver algo que a él lo atemorizaba desde chico y que no se había atrevido nunca a contar?

Recuperando su curiosidad innata, Jorge empezó a preguntar a su hermana, muy interesado en el tema.

—Petra, ¿quieres decir que el miedo, es decir, Pedrito, te guía y te salva de que te hagas daño? ¿Que, si le preguntas, te dice lo que puedes hacer?

—¡Claro! —Petra estaba muy contenta de ver a su hermano tan interesado—. Cuando yo me asusto es porque a lo mejor me puede pasar algo malo, pero como Pedrito me lo resuelve y me hace ver en la oscuridad…

Jorge le dijo a su hermana que se tendiera junto a él en su cama. Petra se quedó dormida muy rápido y Jorge se quedó pensando sobre todo lo que había descubierto gracias a lo que le contó su hermana.

Se sentía orgulloso de ella y de él mismo pues, sin darse cuenta, había sido valiente al reconocer su miedo y eso le había permitido conocer a Pedrito, además de descubrir que siempre podemos aprender de otros, independientemente de la edad que tengan.

Por primera vez desde que estaba en su dormitorio, fue capaz de apagar la luz y, mientras se iba quedando dormido, pensaba en el nombre que le pondría a su nuevo amigo.

# SOBRE LA AUTORA

Soy extremeña de adopción.

Trabajo como psicóloga y *coach* en Factoría del Cambio.

Me llevó a escribir este cuento el hecho de desmitificar la creencia de que el miedo es algo malo o que es de débiles, lo que hace que no lo gestionemos adecuadamente y nos pueda impedir desarrollarnos.

La intención ha sido facilitar a los niños una herramienta que les sirva para la expresión de las emociones, para que puedan verlas como algo que los ayuda en su vida, que los guía en sus decisiones y a la hora de afrontar situaciones que en un principio los puedan bloquear, para que tengan a las emociones como amigas positivas.

Web: http://amartecoaching.com/es

# José Martel Rodríguez

*A pleno corazón*

—¿Cómo te llamas? —preguntó la mujer, poniéndose en cuclillas a la altura del niño.

—Gabriel. —El pequeño se enjugó las lágrimas que le corrían por sus mejillas. Cuando se atrevió a mirarla, lo hizo con sus ojos azules y cristalinos.

—Yo me llamo Brígida y, ¿sabes qué?… pienso que sin llorar estás más guapo. Dime: ¿qué te ocurre?

—Los niños no quieren jugar conmigo.

—¿Por qué?

—Por que no me gusta jugar al balón.

—Eso tiene fácil arreglo. —La mujer se apartó y dejó ver tras de sí a un niño algo menor que él—. Este es mi hijo Pedro y él jugará contigo. ¿Verdad que sí, Pedro?

El otro niño lo miró con aire curioso.

—Papá dice que no debo… jugar con desconocidos —explicó, tímido.

—Sí, corazón, pero tu papi a veces no tiene una visión amplia de las cosas — resolvió la madre, cariñosa—. ¡Gabriel ya no es un desconocido y vais a estudiar juntos el nuevo curso en un nuevo colegio!

—Vale —asintió el niño.

—Recuerda lo que te digo a menudo, hijo: «hay que confiar en la bondad de los desconocidos… pero ¡nunca irse con ellos!»

Así fue como Gabriel y Pedro se conocieron y surgió una bonita amistad. A partir de ese día, Pedro llegaba eufórico, muy contento, y contaba a sus papás lo bien que lo había pasado con su nuevo amigo. A Gabriel le encantaba disfrazarse y cada día era una aventura.

*El rey león*, *Aladdin* y muchas de las películas de Disney eran relatadas por Pedro a sus padres, pues con Gabriel jugaba a que eran personajes de ellas.

El último día de escuela, Manuel, el padre de Pedro, fue con su mujer a buscar al colegio a su hijo. Ese día habían celebrado la fiesta de fin de curso.

Los dos padres vieron cómo Pedro y Gabriel salían cogidos de la mano con la sonrisa de oreja a oreja entre los demás niños. Don Manuel observó al amiguito de su hijo con detenimiento.

Ese día Pedro, sin querer, escuchó hablar a sus padres.

—Sólo te digo que no me gusta que un niño vaya vestido con tanto colorido y con flores. ¡Me resulta raro!—explicaba don Manuel.

—Pues tendrás que acostumbrarte, querido. Gabriel es un niño encantador y Pedro, su mejor amigo.

Cuando Brígida giró la cabeza, vio a su pequeño hijo apoyado en el umbral de la puerta. Se acercó a él y lo estrechó con mucha dulzura.

El verano pasó lento para ambos amigos pero más para Pedro.

El primer día del nuevo curso, fue don Manuel quien llevó a su hijo al colegio pues su madre no había podido.

Ambos se llevaron una sorpresa cuando vieron a Gabriel junto a la profesora. Ahora vestía con ropa de niña y tenía el pelo más largo.

—Quería hablar con usted puesto que su hijo es el mejor amigo de Gaby —pidió la maestra.

Detrás de una ventana con forma de ojo de buey, los dos niños, pegaditos y con miedo en los ojos, contemplaron la expresión seria del padre de Pedro mientras la profesora le explicaba que Gabriel ahora era Gabriela y que sus padres la apoyaban en este proceso.

Cuando vieron que su padre negaba con la cabeza, los dos niños se miraron y se abrazaron muy fuerte entre lágrimas de desconsuelo.

Don Manuel salió sin mirar a la amiga de su hijo y se llevó a Pedro a casa, dejando a Gabriela pensativa y con la barbilla encogida sobre su pecho.

Por suerte, pasado un gran rato, Pedro volvió con su adorable madre y Gaby fue al encuentro de su mejor amigo. Los tres se dieron un abrazo.

Fueron pasando los días y Pedro observó como los demás niños se sorteaban el poder jugar con Gaby. La niña, aparte de divertida, era muy simpática y de sonrisa contagiosa, pero su amigo preferido era Pedro.

Al único a quien no le gustaba mucho el cambio de la niña fue a don Manuel. Cuando iba al colegio, lo hacía acompañado de su esposa y se quedaba en el coche.

Un día, el padre de Pedro se retrasó a buscarlo y se quedaron él y la profesora prácticamente solos.

—Es raro que tu papi llegue tarde. Seguramente encontró mucho tráfico.

—No, *profe*; cuando viene solo, prefiere llegar más tarde para no ver a Gabriela —afirmó el niño.

La profesora no supo qué decir.

—Siempre habla del cambio —prosiguió el niño hablando solo— pero yo no lo entiendo. Gaby no ha cambiado, es igual que fue siempre.

—¡Eso esta bien! —sonrió la señorita Margarita—. Yo pienso igual.

—Mi mamá dice que no tiene importancia que Gaby sea Gabriel o Gabriela —prosiguió al notar el interés de la profesora—. Dice que lo más importante está aquí. —El niño señaló el corazón. La profesora se emocionó.

—Veo que tus papis piensan diferente, pero ya verás como todo se soluciona con el tiempo.

—Mi madre dice que hay personas que sólo miran de frente y nunca hacia los lados, como los caballos cuando les tapas los ojos, y papá es así.

—¡Qué curioso! —rio la profesora.

—Cuando quieres de verdad a alguien, no importa el color de la ropa que viste y no se pueden tener *prejugos*…

La profesora estalló en una sonora risa.

—¡«Prejuicios», Pedro! Es «prejuicios». ¡Mira, ahí viene tu papi, lindo!

El curso transcurrió al margen de cualquier problema y, como bien explicó el niño, no todos pensaban igual, pero la amistad entre Pedro y Gabriela se hizo más fuerte a cada momento.

Otro verano transcurrió, pero esta vez fue diferente: Gaby esperó a su amigo en la puerta hasta que sonó la campana del comienzo de las clases. Sin embargo, él no apareció.

La señorita Margarita vino a buscarla.

—Gaby, cariño, ¿qué te pasa?

—Pedro no ha venido hoy y quería jugar con él a los X-men. —Miró a su profesora, triste.

—Cariño, Pedro no ha venido porque su papa se ha puesto enfermo y él y su mamá lo han llevado a un médico.

—¿No va a venir más?

—No pienses eso —negó la profesora—. Ya verás cómo vuelve pronto. ¡Vamos a clase!

Al cabo de unos días, Pedro apareció con su madre. Los dos estaban muy serios. Enseguida, la niña fue con su mejor amigo y lo abrazó. Brígida, la mamá de Pedro, también la saludó con una media sonrisa.

A pesar de la alegría del reencuentro, Pedro estaba preocupado por su padre y así se lo hizo saber a la niña. Después de unos pocos días, Pedro no volvió más al colegio y fue la profesora quien se encargó de hablar con Gaby.

—Hola, Gaby. Quería hablar contigo.

—¿Es acerca de Pedro?

—Sí, hija. Quería que supieras que, a pesar de que Pedro y su familia te quieren mucho,

Pedro no podrá venir más a esta escuela —explicó ante la cara seria de la niña—, pero no tiene nada que ver contigo, cielo. El papá de Pedro tiene un problema de corazón y, para curarlo, han ido a ver a un médico al extranjero. Ya verás que vuelven pronto.

—Profe…

—¿Si?

—Pedro me dijo que su padre tenía prejuicios y que eso no era muy bueno.

¿Se ha puesto enfermo por eso?

La profesora Margarita se quedó de una pieza y abrazó a la niña.

—No creo, cariño. —Le dio un beso—. Aunque, entre tú y yo, te diré… ¡que los prejuicios no sirven para nada!


Brígida esperaba en la salita del hospital cuando el médico llegó.

—Doctor, ¿cómo progresa mi marido?

—¡La operación ha sido todo un éxito! —celebró el médico—. A partir de ahora su marido podrá llevar una vida normal, aunque poco a poco.

—¡Oh, no sabe qué alegría me da! —exclamó la mujer, juntando las manos y llorosa de emoción—. ¡Manuel y yo llevamos con esta lucha más de quince años!

—Sí, lo sé. Este tipo de válvula que lleva su marido es nueva y revolucionaria; hasta ahora, no existía —explicó—. Si quiere, podemos pasar a verlo.

El médico y la esposa entraron y encontraron a el paciente sonriente y semincorporado en la cama.

—¡¡Cariño!! —Brígida lo besó—. ¿Quién nos iba a decir que, después de tantas vueltas, conseguiríamos solución en España?

—Manuel y Brígida —interrumpió el doctor—, por ahí viene la precoz investigadora que ha hecho posible este momento. Les presento a la doctora Martínez.

Brígida y su marido vieron entrar a una joven preciosa enfundada en una bata blanca.

—¡Gracias, doctora! —Brígida se abalanzó hacia ella.

—Por favor, venga aquí para darle yo también un beso —le pidió sin vergüenza Manuel—. ¡Encima es usted una belleza de chiquilla! No sé cómo agradecerle que, sin conocerme de nada, me haya ayudado.

—No hay de qué —respondió la joven, ruborizada por el achuchón del paciente—. Una vez, una persona me dijo que siempre había que confiar en la bondad de los extraños pero no irse con ellos. No es este el caso, don Manuel, pues ya nos conocemos.

La joven sonrió ampliamente.

—¡Pero…! —Brígida abrió mucho los ojos—. ¡Gabriela! ¿Eres tú?

—La misma.

Brígida la abrazó más fuerte aún. Las lágrimas de don Manuel surcaron su rostro y Gaby, sin pensárselo, fue a secárselas.

El paciente iba a pedirle disculpas a la joven amiga de su hijo por haberla juzgado en el pasado, cuando era una niña. Gaby, sin embargo, no le dejó hablar. Podía leer esa disculpa en sus ojos arrepentidos.

—¡Cuánto me gustaría que te viera mi Pedro! ¡Eres tan linda! —La abrazó repetidas veces el paciente.

—Ya veo que no sólo mi válvula es la causante de su mejoría —bromeó la joven— sino que ahora, don Manuel, tiene usted el corazón más grande.

Minutos más tarde, en la puerta de la habitación apareció un joven sudoroso que venía a toda prisa a ver a su padre.

Nada más ver a la joven doctora, la reconoció por el brillo de sus ojos, que era mágico, y ambos se fundieron en un abrazo interminable.

# SOBRE EL AUTOR

Nací en Las Palmas de Gran Canaria en 1972. Me considero un soñador indiscutible y un lector empedernido. Desde muy joven escribía relatos e historias de fantasía con el único fin de entretener o regalárselo a mis amistades por su cumpleaños. Uno de ellos ha visto recientemente la luz: *Therick y el mundo cautivo*. Pienso que sembrar valores positivos en los jóvenes a través de la  lectura y escritura es un preciado don pues, sobre leer y soñar, todo es empezar.

Correo electrónico: autireturns@gmail.com
Facebook: https://www.facebook.com/jose.martrod

# Yohana Pérez García

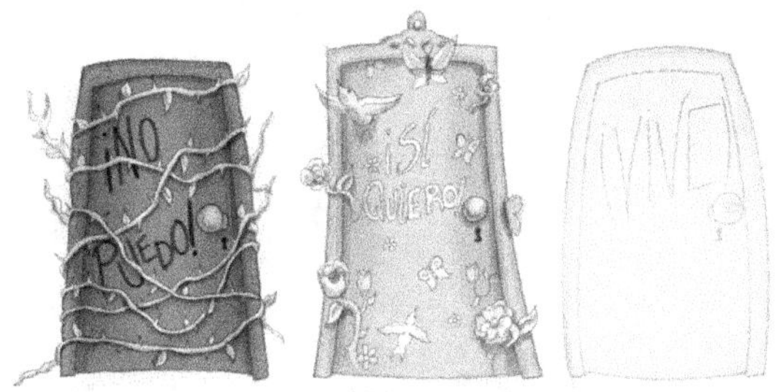

## El árbol mágico

# El árbol mágico

Recuerdo que me tumbaron en una camilla. Escuché voces, un enorme pitido y una luz potente me dejó KO.

Me encontré en un camino lleno de flores y mariposas. De alguna manera reconocía el lugar y sabía que tenía que ir hasta un majestuoso árbol.

El sonido de la brisa, el calor de los rayos del sol en mi cara, el aroma a jazmín y el tacto de la hierba rozando mis manos eran como una melodía. El árbol se divisaba a lo lejos. Sentía como si mi corazón ya lo conociera y se alegraba de volver a verlo.

Una vez cerca, me coloqué bajo su copa y levanté la mirada. Allí estaba: un entramado de ramas, hojas multicolores, luces y sombras que bailaba al ritmo de una brisa suave y en plena armonía. ¡Todo era perfecto!

Me mantuve en silencio un par de segundos, pero mi voz comenzó a emitir sonidos y cantos que, sin saber por qué, acompañaban a la brisa, y, en un instante, ¡me vi envuelta por miles de hojas que me transportaron dentro del tronco del árbol!

Bajé por escalones tallados de la madera más auténtica y su olor, por alguna razón, me recordaba a casa. ¡Todo era perfecto!

Una vez había bajado un tramo, aparecieron ante mí tres puertas inmensas de colores vivos y decoradas con finos detalles.

Cada una de ellas tenía un mensaje. Una de ellas estaba pintada de negro y lila brillante rodeada de una enredadera gigante que parecía asfixiarla. En ella aparecía un mensaje escrito: «¡No puedo!». Otra puerta colocada frente a mí era de color rosado tierno con detalles que parecían querer salir de la misma madera. Estaba decorada con flores, mariposas, pájaros… y también tenía un mensaje en ella: «¡Sí quiero!». Por último, la puerta a mi derecha era de un blanco tan intenso que molestaba a la vista y, en esta, su mensaje era: «¡Vive!».

Me quedé pensando: «¿qué significado tiene todo esto? ¿Debo abrir una de estas puertas?».

Fue entonces que escuché risas y vi sombras alrededor de las puertas.

—¡Hola! ¡Has vuelto! —dijo un tipo bajo y rechoncho con un bigote grande.

—¿Quién eres? —le pregunté.

—Soy Kirom. ¿No me recuerdas? —contestó sorprendido.

—No lo sé. Ni siquiera sé qué hago aquí y qué es todo esto —respondí mientras mirando alrededor, un poco perpleja y confundida.

—¡No debes preocuparte! ¡No debes dudar! ¡Confía siempre en ti! ¡Suéltalo y déjalo fluir! —anunció Kirom.

De repente, todo quedó a oscuras y la puerta con el mensaje del «¡No puedo!» comenzó a vibrar. La enredadera creció más y más hasta intentar cubrirme con sus ramas. Sentí pánico y un miedo enorme.

—Pero… ¿qué está pasando? ¿Qué es todo esto? —grité.

—¡No pienses! ¡Confía en ti! —me decía Kirom.

—¿Cómo no voy a pensar si esta planta quiere hacerme daño? —respondí nerviosa y asustada.

—No existe el daño, es sólo tu pensamiento —dijo Kirom—. Repite conmigo: «¡No debes preocuparte! ¡No debes dudar! ¡Confía siempre en ti! ¡Suéltalo y déjalo fluir!»

—¡No puedo! —grité con lágrimas en los ojos.

—¡Sí que puedes! —insistió Kirom.

Cerré los ojos y repetí las frases. Repetí y repetí, con más fuerza, hasta que todo volvió a estar como antes.

—¿Ves? —me susurró Kirom—. Sólo tienes que confiar en ti. Aunque tengas miedo, debes saber que puedes lograrlo. Así debe ser. —Se giró hacia la puerta y preguntó—. La puerta está abierta.¿Quieres entrar?

—No lo sé. Una parte de mí me dice que sí, pero aun así… ¿Me acompañas, verdad?

—Claro —me dijo entusiasmado—. Allá vamos. ¡A la aventura!

Una vez entramos, la puerta negra cambió de color a un azul intenso, como de un verano cálido. Aves multicolores volaban a nuestro alrededor. Había árboles con un brillo particular y ciervos, ardillas… y sonidos de una catarata se escuchaba más fuerte a nuestro paso.

—¿Qué quieres hacer? ¿Qué quieres hacer? —escuchaba una y otra vez.

—¿Quién me habla? —pregunté asombrada.

—¡Aquí arriba!

Eran como gotas brillantes con alas.

«¡Qué insectos más raros!», pensé.

—¡No pienses eso! —dijo una de aquellas gotas de color rosado—. No somos raros. Somos diferentes a ti en el aspecto, pero aun así somos tan importantes como tú. ¡No lo olvides! —terminó con tono desafiante.

—¡Lo siento! No era mi intención. —Me disculpé.

—Perdonada estás. Gracias por tenerlo en cuenta.

—Entonces, ¿qué te gusta hacer más que nada en el mundo? —preguntó otro de los seres.

—Me encanta dibujar, pero no puedo mostrarlo al mundo porque se ríen de mí y me dicen que eso no sirve para nada. Simplemente, no puedo —dije con tristeza.

—¡Sí que puedes! Pon tu mano en el corazón y repite: «¡No debes preocuparte! ¡No debes dudar! ¡Confía siempre en ti! ¡Suéltalo y déjalo fluir!». Practica y practica todos los días. Eso cambiará tu forma de ver las cosas y mejorarás. Pide ayuda y allí estaremos. Recuerda, eso sí: hazlo cuando estés en completo silencio.

»¡Recuérdalo siempre! —dijeron al unísono las pequeñas lucecillas.

Sin saber cómo, me vi nuevamente delante de las tres puertas.

—¿Qué tal estás? ¿Vas a practicar entonces? —me preguntó Kirom

—Totalmente. Si quiero mejorar, tendré que hacerlo. —Me giré nuevamente y miré hacia las tres puertas—. Bien… —suspiré—. Me quedan dos puertas más.

—¡Sí quiero! ¡Sí quiero! ¡Sí quiero! —susurraban unas voces por todo el lugar.

Mi alrededor volvió a oscurecerse y de la puerta rosada comenzaron a salir mariposas, montones de mariposas, y pájaros, muchos pájaros; todo se cubrió de vida.

—¿Vamos? —preguntó Kirom y me miró.

—Allá vamos —contesté.

Un pasillo enorme se abría delante de nosotros y una densa bruma no nos dejaba ver más allá de nuestros pies. Sólo había silencio y nada más.

—¿A dónde vamos? —pregunté.

—A donde tú quieras. Sólo tienes que desearlo con todas tus fuerzas y agradecer estar aquí. ¿Lo tienes?

—Ahora mismo sólo pienso en mi familia —dije, un poco apagada.

—Entonces agradece que la tienes.

—De acuerdo… Agradezco que tengo a mi familia y a mis amigos —expresé en voz alta y con total claridad.

De la misma nada aparecieron mis amigos y mi familia al completo. Nos abrazamos y saludamos y empezamos a contarnos cosas sin parar. Nuestras risas atraían a muchos animales que estaban escondidos y la densa bruma desaparecía.

Ya de vuelta, comenté a mi compañero ese extraño viaje.

—Ha sido maravilloso —pensé un instante, y luego exclamé con fuerza—. Tengo otro «¡sí quiero!»: agradezco que puedo y quiero dibujar porque simplemente me siento feliz —dije la mar de contenta.

Muchos dibujos comenzaron a desfilar en una exposición de colores, formas y texturas. El lugar se llenó de magia y suspiré.

—¡Qué maravilla! ¿Esto tan bonito lo he creado yo? —pregunté asombrada.

—Efectivamente. Puedes crear todo lo que quieras, sólo depende de ti, y no es difícil.

Volvimos nuevamente al árbol con la esperanza de abrir la tercera puerta, la última que quedaba. Su luz blanca era tan potente que no podía moverme.

Las letras comenzaban a brillar una detrás de otra: V, I, otra V y E.

¡«Vive»!

Una vez estuvieron encendidas y brillando, la puerta se abrió de par en par.

Sentí una paz maravillosa pero seguía sin moverme.

—Kirom, ¿qué me pasa? —pregunté preocupada.

—¡Tienes demasiada carga en tu mochila! —me dijo.

—Qué mochila? Si no tengo —protesté asombrada.

—Si tienes una, aunque no la veas ni la sientas. Está en tu espalda, está ahí y por eso no puedes moverte —me explicó.

—No lo entiendo. Si no la veo ni la siento, ¿cómo sé que tengo una carga? —pregunté extrañada.

—Te pongo un ejemplo: cuando estás en clase y ves a alguien con su nuevo móvil, con sus zapatillas nuevas, ¿cómo te sientes? —preguntó.

—Muy mal. A veces me da envidia y siento un poco de rabia —dije, bastante enojada.

—A eso me refiero. Y cuando te enfadas en clase… ¿qué haces? —preguntó muy serio.

—Pues les digo lo mal que me siento y no les hablo —respondí igual de seria.

—¿Ves? Esa es la mochila que llevas todos los días a clase, y a casa, y a la calle… Todo eso está contigo, por eso no puedes ir a la última puerta: porque así no vives. ¿Lo entiendes ahora? —me preguntó con bondad.

—De acuerdo. Entonces… ¿qué puedo hacer?

—Perdona, confía, suelta ¡y da gracias! —dijo Kirom.

—¿Aunque esté enfadada y no me guste? —le consulté preocupada

—Sí, sobre todo cuando estés así debes repetirlo mucho más. Debes decidir ya si quieres quedarte dentro de este árbol para siempre o volver a casa —dijo Kirom, cambiando el semblante.

—Quiero volver a casa, claro —dije de todo corazón.

—Pues ya sabes lo que debes hacer.

Asentí con la cabeza y cerré los ojos. Comencé a repetir: «¡No debes preocuparte!

¡No debes dudar! ¡Confía siempre en ti! ¡Suéltalo y déjalo fluir!»

Sentí de nuevo una luz sublime que me rodeaba y escuché la voz de mis padres de nuevo.

—¡Se ha recuperado! ¡Ya está aquí! —gritaron con júbilo.

Cerré los ojos una vez más y Kirom, el árbol, y todos los seres que allí habitaban comenzaron a desvanecerse. Eso sí, una voz volvió a recordarme: «¡No debes preocuparte! ¡No debes dudar! ¡Confía siempre en ti! ¡Suéltalo y déjalo fluir!»

Así fue… así quedó… y este cuento ¡se acabó!

# SOBRE LA AUTORA

Vivo en Gáldar, Gran Canaria. Soy una amante de las artes, de los niños y de los idiomas.

*El árbol mágico* surgió de un sueño que tuve hace poco y su parte de misterio y magia me cautivó.

Me gustaría transmitir la fuerza y la confianza que todos tenemos ante cualquier problema y recordar a los niños que ellos pueden superarlo con sólo dar un paso adelante.

Contacto: artikcanarias@gmail.com

Estela Nuez Santana

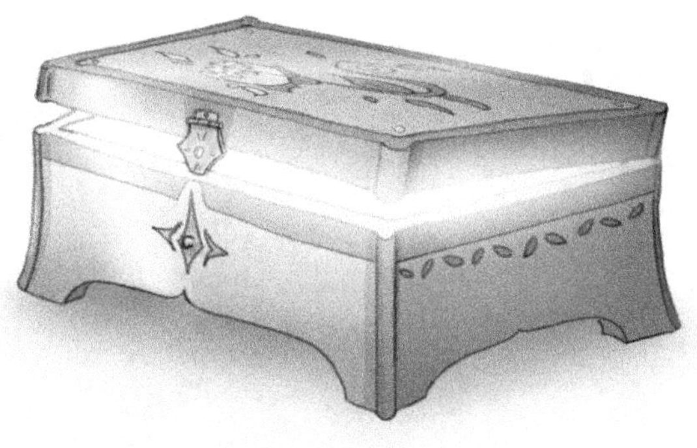

*Noemí y su verdadera vocación*

# Noemí y su verdadera vocación

¿Alguna vez te has preguntado qué es lo que verdaderamente te gusta hacer? Eso que cuando lo practicas te hace sentir muy feliz, te sale solo y, además, te encanta. Pues… en ocasiones, está ahí: escondidito en algún lugar dentro de ti a la espera de que te des cuenta. Lee esta historia y entenderás lo que te digo.

Noemí era una chica de doce años, hija única. Sus padres eran médicos y, claro, el futuro de su hija pasaba por estudiar Medicina. Cuando alguien le preguntaba qué quería ser de mayor, su madre se encargaba de contestar diciendo que doctora.

Tantas veces lo había oído Noemí que se esforzaba en sacar las mejores notas. Era muy buena estudiante, no cabía duda, pero tenía un don con sus manos que sólo su abuela materna conocía. Ella se llama Sofía y se había encargado del cuidado de Noemí durante sus primeros siete años ya que sus padres tenían unos turnos de trabajo complicados. A las dos les encantaba hacer todo tipo de manualidades, pero eso Noemí lo había olvidado.

Era otoño, pronto cumpliría los trece años y su madre iba a preparar una fiesta por todo lo alto. Lo celebraría en el porche de su chalé y vendrían no sólo sus amigos y amigas sino un montón de conocidos de sus padres. A Noemí no le gustaba la idea pero, por complacer a sus padres, no les dijo nada. Aún no sabía que, cuando un deseo es lo suficientemente fuerte y sincero, se cumple sólo con decirlo y lanzarlo al universo.

Dos días antes de su cumple, de camino a casa con su mejor amiga, le dijo:

—Lucía, no tengo ganas de celebrar mi cumpleaños.

—Pero… ¿por qué? ¡Con la pedazo fiesta que están preparando tus padres!

Toda la comarca habla de ello.

—Por eso mismo, Lucía. Yo no he pedido esa fiesta y no quiero celebrar así mi cumpleaños. Sólo deseo ver a mi abuela, estar con ella y… tener valor…

—¿Valor? —le preguntó Lucía.

—Sí, valor de decirles que no quiero ser doctora.

—¿En serio? ¿Y desde cuándo no quieres serlo?

—Pues… desde nunca. Mis padres se han encargado de decidirlo por mí.

—Y, entonces, ¿qué quieres ser?—preguntó Lucía.

—No lo sé, nunca me lo he preguntado.

—Pues a lo mejor deberías pensarlo con tranquilidad.

Ambas amigas se miraron y siguieron en silencio su camino a casa. Al llegar, la madre de Noemí estaba al teléfono y no parecía muy contenta.

—¿Qué pasa, mamá?

—Pues que todo, de repente, está saliendo mal. El catering encargado de la comida para tu fiesta y la empresa que iba a montar la decoración del porche no van a venir porque se espera mal tiempo para el sábado.

—¿En serio? —A Noemí se le abrieron los ojos como platos e intentó disimular su alegría.

—Pero no importa, llamaré a tus tíos para que se encarguen ellos de la decoración y a la pastelería Dulce Mazapán para que preparen la comida. Con las invitaciones ya enviadas, no pienso cancelar la fiesta.

«Oh, no —pensó Noemí—. Yo no quiero celebrar así mi cumpleaños».

Al día siguiente, en clase, Noemí estuvo muy distraída. Su profesora, que la conocía muy bien, le preguntó:

—¿Qué te ocurre, Noemí?

Los ojos de Noemí se le llenaron de lágrimas al instante.

—Es que no tengo el valor suficiente de decirle a mis padres que no deseo esa fiesta de cumpleaños que están organizando y que no quiero ser doctora. No soy capaz y eso me enfada mucho y me hace sentir mal.

—Noemí, busca un lugar tranquilo en el que sosegarte y en el que puedas pensar con tranquilidad. El miedo y el valor están dentro de ti y sólo tú tienes la posibilidad de alimentar a uno o al otro.

Era cierto, sólo ella tenía las repuestas a todo lo que ocurría.

Al salir de clase llamó a su abuela para contarle lo ocurrido y preguntarle por algún lugar en el que poder recapacitar. Sofía rio y le dijo:

—Cariño, coge la caja de madera de tu armario, la que hiciste de niña: en ella hallarás todas las respuestas.

Noemí llegó a casa y subió las escaleras a su cuarto como una exhalación. Se subió en una silla y, ¡allí estaba, sobre la repisa! Una caja de madera pintada de azul como el lago, con un precioso árbol lleno de hojas rojas y naranjas, como a ella le gustaba verlos en otoño. Salió corriendo de casa con la caja en la mano en dirección a su lugar favorito, ese al que iba con su abuela cada tarde a pasear de niña: al parque del Lago Azul.

Recorrió el mismo camino que hacia de pequeña y allí estaba el quiosco de don Marcos, con ese olor a almendras recién garapiñadas que le encantaba. Se acercó a él y le dio un abrazo.

—Hola, muchachita. Cuánto tiempo sin verte.

—Hola, don Marcos. Es que me había olvidado de lo importante que es este parque para mí.

—Si estás aquí es que el recuerdo aún lo llevas vivo en tu interior. Toma, te regalo un paquetito de almendras, que sé que te gustan mucho.

—¿Cómo lo sabe, don Marcos?

—Jajajaja… Pues porque de niña no parabas de decírmelo. Para que los demás sepan tus gustos sólo tienes que decirlos, es así de sencillo.

—Muchas gracias. Vendré a visitarlo más a menudo.

Don Marcos tenía toda la razón: sólo tenía que decir qué pensaba y cómo se sentía a sus padres. Aún no lo había hecho y por eso se encontraba en esa situación.

Noemí comenzó a serenarse al instante. Su carrera de antes se convirtió en un agradable paseo a la orilla del lago. Por primera vez, en mucho tiempo, escuchó de nuevo el sonido de la naturaleza: los patos nadando con sus patitos unos tras otros con sus plumas negras y rojas, las golondrinas que garabateaban en el aire, el agua en la pequeña cascada donde se escondían los castores…

Allí, justo al terminar el sendero, estaba su árbol, el que había pintado en su caja de madera, la caja que ella había hecho con sus propias manos. Se sentó, apoyó la espalda en su tronco y al abrir la caja lo recordó, recordó quién era ella realmente y qué es lo que quería ser de mayor.

Dentro había dos figuras de madera talladas por ella misma. Las había hecho con tan sólo seis años. Un pato y una golondrina. Con ellas había dibujos de bocetos de otras muchas figuras que quería tallar pero que quedaron en el olvido cuando su abuela dejó de vivir en su casa. A partir de ahí, dejó de ir al parque y su verdadera ilusión se quedó guardada en esa preciosa caja.

En ese momento cerro sus ojos y pronunció estas palabras:

—Deseo celebrar mi cumpleaños sólo con mis amigos y mi familia.

En ese instante una brisa de aire acarició su rostro y se relajó para disfrutar del momento. De regreso a casa se sentía otra persona totalmente diferente, segura de sí misma y con sus ideas y sentimientos claros y libres. Al entrar, su madre la miró extrañada:

—¿Te pasa algo, hija?

—Tengo que hablar contigo y con papá de algo importante.

—Sí, claro. Papá está a punto de llegar.

En ese momento llegó su padre y los tres se sentaron en el sofá del salón.

—Mamá y papá, quiero que sepáis que deseo celebrar mi cumpleaños sólo con la familia y mis amigos. Es mi cumpleaños y mi opinión también cuenta. Por otro lado… ya sé qué quiero estudiar y ser de mayor.

Sus padres se miraron atónitos al ver la seguridad y la serenidad con la que les hablaba su hija.

—Quiero estudiar Bellas Artes. —Abrió su caja del árbol para enseñarles su pato y su golondrina.

A sus padres se les llenaron los ojos de lágrimas al ver lo que había hecho su hija con tan solo seis añitos. La miraron a los ojos y comprendieron que su misión, como padres, era acompañarla en su camino.

—Claro que sí, cariño. Estudiarás lo que te haga feliz. Los tres se abrazaron y su madre dijo:

—¿Sabéis qué? Ahora mismo voy a corregir las invitaciones, preparar una tarta casera para mañana y llamar a tu pizzería favorita para cenar esta noche mientras vemos una peli juntitos.

—¡Gracias, mamá! —gritó Noemí.

En ese momento tocaron al timbre. Fue la propia Noemí quien se adelantó y abrió la puerta.

—¡Abuela! ¡Has venido por sorpresa!

—Sí, quería darte tu primer regalo de cumpleaños. Ábrelo, por favor.

Al hacerlo, todos se quedaron asombrados. Era una caja con herramientas para hacer esculturas de madera.

—Pero… ¿cómo lo sabías, abuela? —preguntó Noemí.

—Porque de niña lo decías y a los niños hay que escucharlos siempre ya que todo lo que dicen les viene del corazón.

Ese día, Noemí comprendió que es muy importante preguntarse a uno mismo qué quiere ser, cuáles son sus dones y talentos, esos que se te dan tan bien y que te hacen feliz.

¿Y tú? ¿Ya lo sabes?

Sólo tienes que preguntártelo.

# SOBRE LA AUTORA

Hola, soy Estela Nuez Santana y soy maestra de Educación Primaria.

He creado este cuento porque, cuando desde una edad temprana tienes claro cuál es tu vocación, debes darla a conocer y perseguirla con todas tus fuerzas para que tu sueño se haga realidad.

Nuestros talentos, aquello que nos hace sentir felices cuando lo realizamos y que se nos da tan bien, ese es el camino...

Contacto: estela15@gmx.es

# Dayana Santacreu

*Cuando cuatro patas y un lametón
te cambian la vida*

# Cuando cuatro patas y un lametón
## te cambian la vida

Era primavera, había llegado Semana Santa y, con ella, las tan esperadas vacaciones para Ana. Ella tenía once años y su mayor afición era jugar con su nuevo móvil o con su *tablet*. Si uno se quedaba sin batería, corría en búsqueda de la otra; lo importante para ella era jugar en su mundo virtual.

Ana era una niña morena con unos ojos verdes increíbles. Su mirada dulce hacía que sus madres le negaran pocas cosas pero, a su vez, las obedecía mucho ya que habían aplicado muy buena educación en ella. Sin embargo, con el tema de las nuevas tecnologías le costaba seguir sus recomendaciones.

Sus mamás estaban desesperadas y no sabían qué hacer: querían que Ana cambiara su estilo de vida, buscaban lo mejor para ella para que no pasara sus días jugando en la red. A pesar de ser personas cultas y tener una vida resuelta, Diana, con su importante carrera como criminóloga, y Laura, con la gestión de las grandes empresas que tenía en propiedad, se encontraban ante un problema social al que no encontraban solución, ni siquiera hablándolo con otros padres del colegio donde Ana asistía a clases.

Ana les reprochaba que no era la única. Siempre les decía:

—Mamás, todos los compañeros de clase están aquí jugando. Además, no quiero ser la rara. Me divierto y me lo paso bien.

Era sábado y, como de costumbre, Ana estaba ausente, perdida en aquella pantalla. De repente, salió de la habitación, bajó corriendo las escaleras en busca de su madre, Diana, y exclamó:

—¡Mamá, estoy emocionada! ¡Tenemos una misión!

—¿A qué te refieres, hija? —preguntó Diana.

—¡Pues al juego, mamá! Pablo, Sofía y yo debemos vencer a Patricia, Marta, y Alex. Si lo conseguimos, pasaremos de nivel, ¡y lo mejor será cuando volvamos al colegio después de vacaciones porque seremos vencedores!

—Cariño, entiendo que te guste el juego, pero la vida es mucho más que eso. Queremos que disfrutes de la naturaleza, que te dé el sol, que respires aire fresco y que no estés siempre metida en tu habitación.

A Ana no le gustó ese plan de vida y dijo en un tono que molestó a su madre:

—¡*Noo…!* Mamá, ¡soy feliz así! ¿No te das cuenta? Diana, molesta, exclamó:

—Bueno, ¡se acabó! Mañana saldremos a que nos dé el sol. Además, mañana hay prevista una comida benéfica en la protectora Amigos de Cuatro Patas y vamos a ir a colaborar. Necesitan recaudar fondos para cuidar a los perros abandonados, así que, mañana, nuestra misión será la de ayudarlos a conseguir este objetivo.

—¡Veo que sigues sin comprenderme! ¡No quiero hacer eso, tengo otra misión! —Ana zanjó así la conversación y se marchó enfadada a su habitación.

Diana intentó buscar un cómplice para llevar a cabo su plan, así que fue en busca de su mujer, Laura, quien se encontraba trabajando con su portátil en el jardín trasero de la casa. Al verla, Diana pensó: «de tal palo tal astilla». Se sentó junto a ella y le contó lo sucedido con Ana.

—Entiendo que quiera jugar con sus amigos de esa forma virtual, pero no es bueno que pase horas y horas delante de una pantalla. La vida es muy bonita para que la desperdicie así. ¡No sé qué hacemos mal! ¡Ojalá mañana conozca gente nueva y quiera vivir otro tipo de experiencias —comentó Diana.

Laura apartó su ordenador y abrazó con cariño a su mujer.

—Debes tranquilizarte. Lo que ocurre con Ana, por desgracia, es un mal que sucede de modo general. La sociedad de hoy en día está «enganchada» a una pantalla. Fíjate en mí: sin mi ordenador ya no soy nadie, pero hay que saber compaginarlo con la luz natural, con el aire puro, con el deporte, etc.

—A eso me refiero. No todos los amigos de Ana están siempre con ese juego. Como bien dices, muchos de ellos compaginan el mundo virtual con el real: además de estar con su aparato electrónico, juegan al ajedrez, al baloncesto… En fin, hacen cosas diferentes, incluso más saludables.

—Lo sé, pero sus compañeros de clase participan en ese juego. Ya sabes que está de moda y las modas se siguen. Recuerda cuando tú vestías con pantalones de campana... ellos ahora se divierten así —argumentó Laura, serena.

—Sí, sí… lo sé. No quiero prohibirle que lo haga, sólo quiero que aprenda a disfrutar de otra manera y considero que es nuestra obligación enseñarle a hacerlo y que sea consciente de ello —replicó Diana.

—Vale, tienes razón. ¿Cómo lo hacemos? —preguntó.

—¡Con esta misión! —exclamó Diana.

—¿Una misión? ¿Un juego? Diana, no te entiendo.

—¡No, no es un juego! Nuestra misión es altruista. Te cuento: mañana celebran una comida benéfica en la protectora y me gustaría que fuésemos las tres juntas a colaborar —explicó Diana.

—Pero, Diana, ¡no conocemos a nadie! Además, mañana tengo mucho trabajo. —Diana le hizo pucheros. Esa mirada hizo que esta reflexionara y dijera—: Claro. ¿A qué hora nos vamos?

Fue entonces cuando Diana relajó su mirada, pensó que su plan estaba en marcha y respondió:

—Mañana a la una salimos de casa.

Mientras Laura y Diana intentaban solucionar el problema, Ana seguía inmersa en ese mundo que había creado el juego, un mundo en el que no existían ni gestos ni palabras. Era un día soleado y se escuchaba el cantar de los pájaros, pero ella no era capaz de sentir ni ese brillo ni ese sonido, pues a través de la pantalla y de los auriculares no se podía percibir aquel maravilloso día.

Llegó el domingo y Laura subió a la habitación de Ana para despertarla. Sin embargo, ella ya estaba sentada en su mesa. Para ir al colegio no era tan rápida al escuchar el sonido del despertador, pero para implicarse en la misión era la primera. Se ponía en marcha incluso sin desayunar. Se notaba que ese juego la motivaba aunque la aislara.

Cuando Ana vio entrar a su madre en la habitación, respiró tranquila, pues sabía que ella era más comprensiva y compartía la afición de ese mundo en red: una por los negocios y otra por los juegos.

—¡Buenos días, princesa! —dijo Laura.

—¡Buenos días, mamá! —contestó Ana—. Perdona si no te presto suficiente atención, estoy ahora mismo hablando con mi equipo sobre la estrategia.

—Cariño, es importante ganar, pero depende en qué. Es importante luchar por conseguir objetivos. Por otra... ¿realmente ganar este juego te va a llevar a algo en la vida? —preguntó Laura.

—No lo sé, mamá, pero ahora mismo mi equipo me necesita, esto es una moda y a nosotros nos gustar estar a lo último en tendencia. De esto es lo que se habla en el recreo; si no sabes de qué va el asunto, estás perdido, eres el «raro» — respondió Ana.

—¿Ah, sí? Pues tienes compañeros que hacen deporte y juegan a otras cosas. ¿De eso no habláis? —preguntó su madre.

—Sí, claro, pero no son tan amigos, ya sabes... son los «raros» del colegio.

—Bueno, cariño. Sabes que yo trabajo con el ordenador, pero también disfruto de la vida: hago rutas en la vía verde que hay cerca de casa, voy a yoga y me encanta ir a leer a la orilla del mar... ¿Crees que por eso soy rara? Mamá y yo no te prohibimos jugar, pero sí queremos que añadas más ingredientes a tu estilo de vida y que estos sean saludables. Así que... ¡venga! ¡Dúchate que comenzamos con la dieta! —comentó Laura.

Ana se cabreó. Vio que el plan de su madre Diana seguía en marcha y esto rompía su plan de acción en el juego.

Laura, consciente de ello, le concedió un margen de veinte minutos más para jugar, pero después debía proceder a ducharse y arreglarse para hacer marcha y participar en su otra misión.

Ana estaba disgustada, así que abrió el chat y contó a sus amigos lo que ocurría, así como el plan tan aburrido que tenían hoy sus madres para ella. Ellos, que estaban en situaciones parecidas, le dieron unos consejos que, seguidamente, puso en práctica. De repente, ¡Ana enfermó! Al menos, eso era lo que quería hacer ver a sus madres para librarse de aquel tostón de misión.

Ana apagó todos sus dispositivos electrónicos, bajo las persianas de su habitación, se metió entre las sábanas, apagó la luz y esperó a que volviera su madre para ver si estaba preparada. La sorpresa para Ana fue que quien esta vez vino en su búsqueda fue su madre Diana, experta en el análisis de conducta y en el lenguaje no verbal.

«¡Oh no! ¡Me va a pillar!», pensó.

Así fue. Diana preguntó, un poco mosqueada:

—Ana, cariño, ¿qué haces así? ¿Todavía duermes? Laura me ha dicho que estabas despierta y conectada.

—Sí, mamá, lo estaba pero, de repente, he sentido mareos y la vista como nublada. Parece que tenéis razón: paso mucho tiempo observando una pantalla. Me duele la cabeza. Creo que necesito pasar el día aislada, sin luz, aquí, tranquila.

—¿Te asusta nuestra misión? —preguntó Diana—. Confío en ti, pero no en esta ocasión. Sospecho que no me estás diciendo la verdad, así que te voy a creer, pero con una condición: nos quedamos en casa y mañana a primera hora vamos al médico, pero no podrás jugar hoy más, ya que en esas condiciones no será lo más saludable. De todas formas, si decides contarme la verdad y, finalmente, las tres participamos en la misión de ayudar a los animales desfavorecidos, te prometo que a la vuelta podrás jugar un ratito. ¿Qué dices?

Ana, avergonzada por mentir a su madre y ansiosa al pensar que no podría jugar hasta el día siguiente, confesó.

—Gracias, hija, por ser honesta —contestó Diana—. Venga, no pierdas tiempo: ve y dúchate. Te prometo que será un gran día y una misión inolvidable.

El día invitaba a salir a pasear. El sol brillaba con suficiente fuerza como para sentirlo en la piel. La temperatura era especialmente agradable y parecía que las mariposas lo habían sentido también; era raro verlas revolotear de flor en flor pero hoy lo hacían, como si anunciaran que algo bonito iba a suceder.

Tanto Ana como sus madres se habían vestido con ropa deportiva, pero eso no hacía despreciar su belleza. Se las veía felices y esa felicidad se reflejaba en sus sonrisas.

El ambiente rural y el aire puro, sin contaminar, las hacía estar completamente radiantes. Decidieron ir caminando hacia la protectora, las tres de la mano: Ana en medio de sus madres. Se las veía alegres y cómplices. Estaban dispuestas a ayudar a aquellos animales que no tenían tanta suerte como ellas de formar parte de una familia. Querían que esa unión fuera parte de su misión, por eso asistían, y además aportarían algún donativo. Sabían que con estos sencillos gestos conseguirían que estos perritos abandonados, mientras esperaban un hogar, fueran felices al estar bien alimentados y cuidados.

De camino hacia la comida, Diana y Laura explicaban a Ana la situación de estos animales:

—Mira, Ana: desgraciadamente, muchos perros a los que vamos a visitar hoy acaban abandonados porque mucha gente no es responsable con ellos. Los compra o los adopta y luego, ante un comportamiento del animal al que no son capaces de dar solución, terminan por devolverlos a la protectora o, lo que es peor, abandonándolos a su suerte —explicó Diana.

Ana preguntó, aturdida:

—Pero… ¿vosotras me vais a abandonar? Quiero decir, porque juego y no queréis que juegue tanto, ¿me daréis la espalda?

Laura y Diana se miraron sorprendidas y contestaron al unísono:

—¡Claro que no, cariño! Y tampoco lo haríamos con un animal. —A esta afirmación les siguieron las tranquilizadoras palabras de Laura—. Ana, la vida a veces te pone ante situaciones difíciles que te pueden llegar incluso a frustrar, pero para cada problema hay una solución. Además, cuando decides ser responsable de la vida de un ser vivo, sabes que es para siempre; eso se llama responsabilidad. Debes ser responsable de ese ser durante toda su vida.

»No es un juguete, es un ser con necesidades que debes satisfacer si él no es capaz de satisfacerlas por el mismo o, al menos, hasta que este sea capaz.

¿Entiendes lo que quiero explicarte?»

Entonces, Ana suspiró. Se sentía tranquila, cuidada y protegida.

Al aproximarse al refugio, empezaba a escucharse música soul. El eco que producía era agradable e invitaba a acercarse rápidamente. También creaba ilusión ver llegar a tanta gente. El continuo tránsito de vehículos en los que se podía visualizar familias acompañadas de peludos hacía mantener la ilusión de nuestras tres protagonistas: la misión estaba más cerca de cumplirse pues había mucha gente dispuesta a ayudar a esos perros.

Es cierto que las tres amaban a los animales; sin embargo, por sus ajetreadas vidas todavía no habían tenido tiempo para decidir si ampliaban la familia con un miembro tan especial. Siempre disfrutaban de ellos en reuniones familiares o comidas con amistades. Cuando algún familiar acudía a su casa con su mascota, ellas se desprendían en mimos hacía ella. Estaba claro que deseaban tener un peludito, pero… ¡las cosas buenas tardan a llegar! O eso dicen…

Cuando llegaron al refugio, se encontraron con un lugar frío, construido con hormigón gris y repleto de jaulas. Este primer contacto con la protectora les hizo incrementar aún más sus ganas de conseguir el objetivo de hoy, pues pensaron que esos animales merecían un lugar más cálido.

En la entrada, los organizadores habían colocado, sobre un camino de piedras que parecían de río, tablones de madera sobre caballetes que, ese día, tenían la función de servir como mesas y sillas plegables que parecían incómodas. Llamaba la atención la cantidad de gente que podría ocupar uno de esos tablones y Diana —quien siempre analizaba cada situación— pensó que era una buena idea ya que así fomentaría la comunicación entre los asistentes. Eso, seguro, beneficiaría a la salvaguarda de los animales abandonados.

Ana estaba acostumbrada a otro nivel de vida y a otro tipo de conexión, así que, al ver aquel lugar, empezó a poner mala cara y replicó a sus mamás: «aquí me voy a manchar», a lo que ambas respondieron:

—Tranquila, hija. En casa tenemos una máquina que se llama lavadora y es mágica: la ropa entra sucia y luego sale limpia. —Si con humor su hija se adaptaba a la nueva situación, ellas serían hoy las madres más chistosas.

Nada más entrar, las atendió Barry —un señor muy agradable que se encargaba de la gestión de la protectora—. Él les contó que, para la comida, se vendían unos vales y que el menú para la comida benéfica era totalmente vegano. También les comentó la posibilidad de ayudar un poquito más comprando unos boletos para la rifa que sortearían ya caída la tarde, y también que durante toda la jornada habría juegos para niños y música en directo.

Barry las informó sobre la situación de la protectora. Afirmó que cada día se producían abandonos y que tener un lugar así, donde protegerlos y alimentarlos, era muy costoso. Por eso solían celebrar estos eventos para recaudar fondos y para concienciar a las personas sobre esta situación.

Mientras Laura y Diana escuchaban a Barry, Ana seguía enfurruñada. Esa jornada no le parecía tan divertida como le parecía su red de juegos virtuales.

Seguidamente, tomaron asiento en una de las mesas que en ese momento se encontraba vacía. Al sentarse, observaron a muchas familias que asistían con sus perros adoptados. Era gracioso y conmovedor ver cómo estos animales tenían una estrecha relación con sus dueños: jugaban con la pelota, les lamían con cariño los mofletes, movían el rabo, etc. Tanto a los animales como a las personas se los veía muy felices. En cambio, para ellas todo era nuevo: nunca habían estado en un lugar semejante ni habían tenido un día de convivencia con tantos perros juntos.

Ana todavía no había pronunciado palabra. Su postura era de total pasotismo. Se encontraba mal sentada: con las piernas arriba de la silla, las rodillas abrazadas, el cejo fruncido y un semblante muy serio.

Laura quiso animar un poco la situación y, aprovechando que la comida era tipo bufé, exclamó en un tono muy jovial:

—¡Chicas, hoy seré vuestra camarera! ¿Qué desean tomar?

—Yo comeré paella de verdura —le siguió el juego Diana.

—No tengo hambre —dijo Ana, indignada.

—Bueno, cariño, sé que te encanta la paella, así que te traeré un plato como el de mamá. Verás como en un ratito te entra el apetito —le contestó Laura.

Mientras esperaban a que Laura volviera con la comida, Diana observaba el comportamiento de Ana y pensaba: «¡qué pena que no logre entender que la vida es más que ese mundo artificial y que puede divertirse de mil maneras diferentes!».

En este instante, la mesa que habían ocupado comenzó a llenarse. A ella llegó una familia muy numerosa y justo al lado de Ana se sentó un niño que parecía tener su misma edad. Era un niño muy simpático, con gafas y pelo largo.

Ana miró de reojo y lo vio. Él se percató de que lo miraba y le sonrió.

—¡Hola! Me llamo Aarón. —De golpe, aquel saludo cambió el día de Ana, empezando por su cara. Ya no parecía tan enfadada, ahora parecía que tenía ganas de divertirse.

—¡Hola! Yo me llamo Ana.

—¿Quieres que te enseñe los perros de la protectora? —preguntó Aarón— Vengo mucho por aquí y los conozco a todos.

Ana pidió permiso a su madre y Diana, al verla con esa nueva actitud, se alegró tanto que se lo concedió de inmediato. Lo único que le pidió fue que no tardara mucho porque Laura no tardaría en llegar con la comida y debían comerla caliente.

Aarón y Ana se levantaron rápidamente y fueron hasta la parte donde se encontraban las jaulas que cobijaban a los perros abandonados. Durante el camino hacia ese lugar, Aarón le dio unas recomendaciones a Ana, le dijo que no les podían dar de comer ya que podían tener alguna alergia y enfermar. Tampoco se los debía tocar a no ser que fueran acompañados de un cuidador especializado, y mucho menos hablarles en un tono alto, pues muchos de ellos están estresados por haber sido abandonados o maltratados y por estar ahora viviendo en jaulas.

—A todo esto… Ana, ¿te gustan los perros?

—Sí, me gustan, pero en casa no tenemos. Algunos familiares sí tienen y, cuando voy a sus casas o ellos vienen a la nuestra, me gusta estar con ellos. ¡Son adorables! Aunque realmente prefiero tener tiempo para jugar a *Supermegahéroes* con mis amigos en red —respondió.

Aarón puso cara de no saber de qué hablaba.

—¿En serio no conoces el juego? ¡Si todo el mundo habla de él! —exclamó Ana.

—Pues no. A mí me gusta jugar con mis perros, sacarlos al campo a pasear, cepillarlos y cuidarlos —respondió Aarón.

—Jajaja… ¡Qué aburrido eres! —le dijo Ana.

—¡Pues a mi me encanta! —comentó Aarón sin prestar más atención al comentario de su nueva compañera.

Cuando entraron en aquel refugio, Ana no sabía que su vida estaba a punto de cambiar. Se sintió abrumada: un fuerte olor a desinfectante le paralizó el olfato y los perros comenzaron a ladrar como diciendo: «llévame contigo, dame un hogar, dame cariño». Ana se asustó y gritó:

—¡Aarón, sácame de aquí, por favor!

El niño se acerco a ella e intentó relajarla. Le dijo que no pasaba nada y que estos perros iban a tener suerte y pronto encontrarían un hogar.

—Aunque parezca lo contrario, son animales afortunados: han sido rescatados y mucha gente los cuida y se preocupa por encontrarles una familia.

Ana comenzó a llorar, desconsolada. No entendía cómo podría haber tantos animales sin hogar. Nunca había estado en una protectora y esa experiencia le había hecho ser consciente de la realidad. Su corazón dio un vuelco y se abrió como se abren las flores en primavera. Estaba conmocionada pero, a la vez, llena de amor por ellos.

Aarón, quien estaba acostumbrado a aquel lugar, fue explicándole la historia de cada uno.

—Mira, Ana, este es Snoopy. Lo encontraron en la carretera general. Alguien lo abandonó allí y un camionero lo recogió. Este otro es Buddy; su dueño enfermó y nadie más se pudo hacer cargo de él. Ella es Peca; es muy nerviosa porque desde pequeña la han tenido encerrada en una habitación y, al no querer ir a un especialista para tratar ese problema de conducta, decidieron traerla aquí.

De esta forma, Aarón fue contando todo los detalles que conocía de cada uno de los peluditos que estaban allí. Conocer su historia era la mejor manera de comenzar a empatizar con ellos.

Ana se sentía rara. Miraba a los perros a los ojos y no entendía por qué tenían que estar viviendo esa situación. Le parecía injusto. De pronto, un impulso la hizo detenerse ante una jaula. Allí se encontraba Tom, un perro que llamó su atención. Al verla allí parada, Aarón le dijo:

—No, al pobre Tom ni lo mires. Tiene muchísimo miedo, nunca quiere pasear con los voluntarios ni con los cuidadores. Parece que lo ha pasado muy mal y no confía en los humanos.

Entonces ocurrió algo mágico: Tom se levantó de su cama y se acercó a Ana.

Era un perro de tamaño grande, con un flequillo que tapaba uno de sus ojos mientras que el otro quedaba descubierto, uno de color verde esmeralda. Tom introdujo su hocico por la alambrada de la jaula y empezó a olisquear el rastro que lo acercaba hasta ella. Aarón alucinó al ver esa escena, pues él muchas veces había intentado acercarse a Tom y nunca lo había logrado.

Ana sintió la necesidad de sentarse en el suelo delante de la jaula sin hacer más movimientos. Se quedó paralizada mientras lo observaba con ternura. Tom hizo lo mismo y allí se detuvo el tiempo,. Allí se quedaron, el uno con el otro, unidos por una mirada de corazón a corazón.

Aarón salió corriendo a buscar a Barry; quería contarle aquel milagro. Como sus gritos eran tan efusivos, Diana se asustó y Laura, que volvía con los platos en las manos, casi los tiró del susto. Se preocuparon al no ver a Ana. Aaron sólo decía:

—¡Venid, por favor, es urgente!

Al llegar Barry, Laura y Diana junto a Aarón, contemplaron una escena casi de película. Era algo maravilloso lo que se podía percibir allí: Ana tenía sus brazos extendidos y Tom le lamía con suavidad su mano derecha.

Barry se sorprendió tanto que se llevó las manos a la cabeza y las lágrimas empezaron a recorrer su rostro. Sólo podía pronunciar estas palabras en su idioma: *«Oh my god!»*. Estaba tan exhausto que no podía hablar en español. Cuando se repuso, quiso conversar con las madres de Ana.

—Señoras, este perro lo ha pasado muy mal. Su dueño lo trataba con mucha agresividad y había dejado de confiar en las personas. Su hija tiene algo especial — les dijo emocionado.

Laura y Diana se miraron sorprendidas y empezaron a sonreír aturdidas pues sabían cuál sería el siguiente paso. De repente, Ana les preguntó:

—Mamás, ¿podemos ayudarlo?

Barry sabía lo que ahora mismo quería Ana y era consciente de la preocupación que podían sentir sus madres; por eso, quiso darles un espacio para que la situación no las agobiara y les propuso salir a comer, ya que la comida se estaría enfriando. Después volverían a visitar a Tom.

Ana, quien había dicho en su momento que no tenía hambre, devoró la paella de verduras como si no hubiese mañana. Sólo deseaba volver junto a Tom y volver a mirarlo a los ojos.

—Ana, te vas a atragantar. Come un poco más despacio, por favor —le pidió Laura.

—¡Ya he acabado! ¿Puedo ir con Tom? —preguntó Ana.

Sus madres, atónitas por ver a Ana tan emocionada con un perrito y no con un juego, dejaron sus platos a medias y volvieron con ella al lugar donde se encontraba Tom. Le preguntaron a Barry si podían sacarlo a pasear. A Barry lo preocupaba un poco que le dieran un paseo porque era un perro muy miedoso y no sabía si se iba a portar bien al ser tan desconfiado. En ese momento, escucharon la voz de Aarón:

—Tranquilo, Barry. Yo las ayudo y les cuento cómo se pasea a los perros que viven en una protectora. —El niño estaba emocionado y feliz por Tom. Sabía que la vida de este perrito cambiaría muy pronto. Barry asintió, pero decidió acompañarlos.

Cuando se acercaron con el arnés y la correa, Tom comenzó a moverse de un lado a otro dentro de la jaula y a lloriquear, deseoso de salir de allí. Por primera vez se sentía feliz por ir a pasear. Ana también saltaba de alegría y estaba ansiosa por abrazar a Tom, por tocarlo y mimarlo sin esa alambrada de por medio.

Barry, con una correa para el paseo en la mano, le pedía a Tom que se calmara pues nunca lo había visto así. El flequillo de Tom se levantaba por los saltos que daba y su mirada estaba fija en Ana. Entonces, se abrió la jaula y Barry no pudo sostenerlo para ponerle la correa. Salió disparado a por Ana, se abalanzó sobre ella y comenzó a darle muchísimos lametones de alegría.

A Ana le faltaba longitud en los brazos para abrazar a Tom por la diferencia de tamaño. Tom era un perro de cuarenta kilos y Ana sólo pesaba treinta y cinco.

Todos se llevaron las manos en la cabeza al ver salir a Tom de aquella jaula, pero enseguida cambiaron esa expresión de susto por una sonrisa llena de amor al ver aquella unión tan mágica.

Salieron del recinto a pasear con Tom. Fueron a un parque que había cerca.

Tom tiraba un poco y a Ana le costaba llevarlo. Barry la ayudaba y le explicaba que tenía mucha energía porque era grande y necesitaba hacer mucho ejercicio y que, al ser tan miedoso, no le gustaba jugar con otros perros. También le contó que tenía una educadora canina que trabajaba con él a diario y que también la enseñaría a ella a cuidarlo.

Ana escuchaba muy atenta a Barry porque quería lo mejor para Tom. Entonces, mirándolo con esos ojos verdes, le consultó:

—¿Puedo jugar a la pelota con él?

—Pues ahora no tenemos ninguna, hija —contestó Diana.

—Coge ese palo —dijo Aarón con efusividad.

—Pero se lo tiene que confirmar Barry —añadió Laura.

Barry, quien estaba aguantando la risa por cómo todos estaban tan involucrados en ese momento, asintió con la cabeza y los pequeños salieron corriendo a coger el palo. Pasaron un buen rato jugando con Tom.

Impactado por ver el cambio de Tom, Barry hablaba con las mamás de Ana. Ellas tenían cientos de preguntas porque ya sabían que Tom era un nuevo miembro de la familia y querían conocer todos los detalles para cuidar bien de él. Agotados, acabaron de corretear y jugar y volvieron todos a la protectora.

Diana y Laura firmaron los papeles e hicieron una generosa donación económica a la protectora por el gran trabajo que hacían. ¿Quién iba a decirles que volverían a casa con un nuevo miembro en la familia?

Desde aquel día Ana dejó los videojuegos de lado y empezó a disfrutar de otra manera la vida. Sacaba a jugar todos los días a Tom al parque, donde hizo nuevos amigos, personas con perros que disfrutaban de la naturaleza y los seres vivos.

Aprendió lo que es el amor incondicional. Tom la esperaba al lado de su cama cada día mientras ella estaba en el cole estudiando, y cada vez que escuchaba el autobús escolar llegar a la parada de enfrente de su casa, bajaba a toda velocidad a la puerta principal para recibirla ya que momentos después Ana la cruzaría y él se pondría panza arriba para que lo acariciara como hacia siempre. Luego merendarían y se irían al parque a jugar.

Todos los fines de semana la familia visitaba lugares con encanto para hacer largas rutas de senderismo. Se llevaban bocatas y refrescos para disfrutar de la naturaleza. Ana cambió su *tablet* y su móvil por un amigo fiel, un animal que le enseñaba lo que era el respeto y que, sin palabras, le hacía disfrutar de la vida a niveles que nunca hubiese imaginado, sobre todo si hubiese continuado pegada a una pantalla.

Un día, los corazones de Ana, Laura y Diana se convirtieron en un trocito de corazón de perro al vivir otro momento mágico: estando de paseo los cuatro, al parar a descansar para que Tom bebiera agua, este empezó a aullar.

—*Auuuuuuuuu, auuuuuuuuuuuu…*

—¿Qué te pasa, Tom? —le preguntó Ana, asustada.

Las tres miraban a su peludo con atención porque no sabían qué le pasaba. Entonces Tom las miró fijamente e hizo un gesto que parecía una sonrisa. Lo que le pasaba era que se sentía agradecido y ese era su modo de decirles:

«Gracias por esta nueva oportunidad de vivir una vida plena. Gracias, gracias y gracias por devolverme la felicidad. Por vosotras he vuelto a confiar en el ser humano. La confianza ha despertado en mí y he olvidado el temor. Gracias por dejarme ser el animal que soy y cuidarme. Os prometo que yo haré lo mismo por vosotras, mi amor es incondicional e infinito. Sólo quería llamar vuestra atención para deciros esto desde mi alma de perro a vuestra alma de humanas. Me habéis sacado de una jaula fría y triste y habéis devuelto el color a mis días grises. Me habéis hecho el mejor regalo que se le puede dar a un perro, que es el calor de una familia, el no estar solo, ya que para mí era un verdadero infierno. Gracias por ser como sois».

Ana se acercó y le dijo:

—He comprendido tu mirada Tom. Yo también he de darte las gracias ya que me has hecho entender la vida de otra manera. Ahora disfruto de muchas cosas que me estaba perdiendo. Gracias, gracias y gracias.

Ana se aproximó a Tom despacio para abrazarlo. Diana y Laura, con lágrimas en los ojos, también se acercaron, se sumaron a ese abrazo y, en aquel momento, sus corazones sintieron y comprendieron la felicidad y la gratitud de un perro que ha sido abandonado.

Ellas supieron en ese momento que, ayudando a otro ser vivo, ayudaron también a su hija. Y es que quien da con sinceridad recibe cosas mágicas.

# SOBRE LA AUTORA

Fundadora de Mascotetes en 1999, empresa dedicada al cuidado de las mascotas. Profesora de estilistas caninos. Presidenta en Jovempa Marina Alta y miembro de la Junta Directiva de Jovempa. Emprendedora de varios negocios de distribución de alimentos naturales y artículos de calidad e innovadores para mascotas. Emprendedora en el desarrollo de productos informáticos para ayudar a los propietarios de mascotas. Finalista en el *reallity* www.lanuevaestrelladeinternet.com. Colaboradora semanal en programas de radio.

He creado diferentes e importantes eventos relacionados con la mascota como el festival Mascotetes, desfiles de moda, eventos para ayudar a protectoras y concursos.

Creación y organización de eventos para emprendedores.

Contacto: dayana@dayanasantacreu.com

https://dayanasantacreu.com

https://www.facebook.com/dayana.santacreu.5

# Martha Golondrina

## Tardes de abandonos

# Tardes de abandonos

Aquella tarde descubrí que mi amigo Braulio me había mentido.

Mientras paseaba solo por el centro comercial comiendo un helado, lo vi salir del cine con un grupo de compañeros del colegio, no entendí por qué, pues me dijo que se iba a quedar a estudiar para el examen de la semana siguiente.

Me sentí rechazado por ellos y por Braulio, mi mejor amigo desde que llegamos juntos a ese nuevo colegio. Yo no había hecho otros amigos aún. Me costaba mucho hacer nuevas amistades porque echaba de menos a mis compañeros del anterior colegio y del barrio donde había vivido toda mi infancia.

No entendía por qué mi madre había decidido abandonar el confortable hogar con mis abuelos.

Tampoco podía olvidar aquel día en el que mi padre nos abandonó tras decirme que vendría a buscarme muy pronto. Con once años, ya comprendía el motivo por el que muchos de mis compañeros vivían sólo con sus madres: sus padres también los habían abandonado como había hecho el mío, aunque a muchos de ellos sus padres venían a recogerlos algunos viernes, al finalizar las clases.

Mi papá nunca volvió a buscarme, ni a casa y mucho menos al colegio.

Pensé que Braulio también me estaba abandonando, que ya no quería ser mi amigo, pero al día siguiente, cuando toqué el timbre de su casa, dos pisos más abajo del mismo edificio en el que vivíamos, me abrió la puerta con su sonrisa de siempre y nos fuimos juntos al colegio.

No sabía cómo decirle que lo había visto saliendo del cine la tarde anterior. Desde que mi padre se fue, me había vuelto un niño tímido y callado, y aún lo fui más cuando Elena, la única niña con la que hablaba en los recreos en mi antiguo colegio, también me abandonó para irse a pasear con sus amigas en lugar de irse a la playa a jugar conmigo.

Las tardes se habían convertido, para mí, en abandonos. Mi padre se había marchado una tarde para no volver más; Elena también había dejado de acudir a jugar conmigo una tarde de un verano; con mi madre me había mudado a este nuevo barrio en una tarde gris de invierno; y la tarde anterior, cuando vi a Braulio saliendo del cine con otros compañeros, sentí que también me iba a abandonar, a pesar de que ahora camináramos juntos hacia el colegio, en silencio.

Braulio siempre hablaba y hablaba de lo que había hecho la tarde anterior, pero hoy no lo hacía. Callaba sin saber que yo lo había visto con otros chicos sin haberme invitado.

Nunca volví a ser el mismo y en los momentos en que coincidíamos, por casualidad, evitaba hablar con él. Regresé a mi mundo de silencio y soledad.

Una tarde, de vuelta a casa, después de las clases extraescolares de inglés, escuché la voz de mi papá en la cocina.

Mientras corrí, lleno de felicidad, hacia aquella habitación de la nueva casa, escuché la palabra «divorcio», pero eso no me frenó: por fin mi padre, a quien echaba de menos en cada instante, había regresado y creí que lo hacía para quedarse. Me abracé a él con tanta fuerza que la silla en la que estaba sentado se tambaleó y casi caímos al suelo.

En un gesto de cariño que me transportó a la niñez, despeinó mi pelo rizado con una gran sonrisa en su rostro. «Está tan feliz como yo», pensé.

—¿Vas a quedarte para siempre conmigo, papá? Mi madre habló antes que mi padre respondiera.

—Ve a tu habitación a hacer las tareas del colegio, Julián. Ya hablaremos cuando las termines de realizar.

Mi padre volvió a acariciar mi cabeza, despeinándome de nuevo.

La seriedad de mi madre me indicó que debía ir a mi habitación aunque no tenía tareas del colegio ese día. En mi mente bullía la palabra «divorcio».

No sabía de qué estaban hablando mis padres pero alzaban la voz. Ya en el pasado había presenciado muchos enfados entre ellos y esos gritos me recordaron el día en que papá me abandonó para siempre.

Poco tiempo después, escuché el ruido que hacía al cerrarse la puerta de nuestra casa.

Mamá dio un ligero toque en mi puerta antes de entrar. Se sentó en mi cama y, con un gesto, me pidió que lo hiciera junto a ella. Su voz sonaba triste cuando comenzó a hablarme.

—Julián, cariño, papá no va a regresar. Hemos decidido que es mejor separarnos para siempre. Algunas veces, las personas mayores no pueden vivir juntas porque siempre están enfadadas. Alguna vez te habrás enfadado con alguno de tus amigos, ¿no es cierto?

—Claro, mamá –le respondí–, pero mis amigos nunca se han ido para siempre. Siempre terminamos haciendo las paces y jugando juntos otra vez. ¿No pueden hacer las paces papá y tú?

—No es igual con los adultos, cariño mío. Cuando los adultos se enfadan, en algunas ocasiones sí es para siempre.

—Entonces, ¿papá ya no regresará nunca más?

—Julián, hijo mío, tu padre no va a regresar a esta casa, pero te irás a vivir con él, muy cerca de la casa de los abuelos. Podrás verlos también a ellos.

—¿Nos vamos a vivir juntos otra vez?

—No, Julián. Yo me quedaré viviendo aquí. Podrás venir a verme y estaremos juntos al menos dos veces cada mes. Yo no te abandonaré nunca. —Sus palabras eran dulces y me hacían sentir bien.

Varios días después, mamá me llevó a casa de los abuelos y me quedé allí hasta que mi papá vino a buscarme unas horas más tarde.

Al día siguiente, regresé a mi antiguo colegio. Mi alegría fue muy grande cuando Elena se me acercó y me dio un beso en la mejilla. Me puse muy colorado.

A partir de ese día, volvimos a estar siempre juntos. Jugábamos y nos divertíamos. Podía ir cada día a visitar a mis abuelos, mamá venía a buscarme y pasábamos mucho tiempo juntos. Me llevaba a pasear, al cine, al parque de atracciones, a la playa y a otros muchos lugares a los que antes nunca íbamos.

Con papá también era divertido estar. Ya nunca nadie me abandonó en las tardes y los días pasaban más rápido para mí porque siempre estaba feliz y sonriendo. Tenía muchos amigos nuevos. Con Elena compartía juegos de todo tipo.

Nunca más volví a sentirme solo y triste porque tenía a mis padres, a mis abuelos, a Elena y un montón de amigos, y si alguna persona me abandonó fue porque, según decían mis abuelos, no eran verdaderos amigos.

# SOBRE LA AUTORA

Nací en Lanzarote, pero he encontrado sosiego en la Villa de Firgas. Soy una escritora ecléctica que lleva lava en el corazón. Mis letras aparecen en veintiocho antologías de diferentes géneros, en una de las cuales quedé finalista. *Lava en el corazón* y *Más que amigos* son mis dos libros.

Soy fuego y lava de volcán. Soy océano Atlántico. Soy aire de alisios. Soy cielo limpio y azul. Soy golondrina libre.

Trabajo como funcionaria del Gobierno de Canarias. Soy licenciada en Derecho, técnico en Prevención de Riesgos Laborales y diseñadora gráfica además de lectora compulsiva, escritora, viajera y, sobre todo, soñadora.

Colaboro con la revista poética AZAHAR.

El porqué de este cuento, este relato, es mi deseo de narrar los sentimientos de un niño cuando sus padres se separan, y lo que me gustaría transmitir con él es que, cuando dos personas dejan de amarse, no deben transmitir a los hijos desamparo o abandono.

Contacto: martha.mmondua@gmail.com

Ángeles Tavío Pérez

*Zinga*

# Zinga

Dicen que nada es imposible, que sólo debes proponértelo. Es cierto. Piensa siempre que nadie puede robarte tus alas, que ellas te llevarán a donde tu corazón albergue la felicidad.

Voy a contarte una historia que pasó hace unos años. Fue en el África oriental, en uno de los pueblos de Uganda. Se llamaba Zinga y estaba al lado del lago Victoria. Está rodeado de un terreno muy rocoso. No verías allí edificaciones de cemento, sólo caña y barro para sus paredes. El agua que consumen no es potable pero no tienen acceso a otras condiciones, así que lo aceptan. Algunos la utilizan y otros se hacen portadores de otros poblados.

En el trayecto se ponen a bailar y cantar y dan saltos que llegan hasta donde estaban sus cabezas. Así dejan marcado en esa tierra seca lo redondo que para ellos es el mundo.

Es un lugar maravilloso. No hay lágrimas, sólo sonrisas regaladas al viento.

No les preocupa lo material, simplemente se levantan y disfrutan del día. Desconocen la rabia y la queja, sólo conocen el trabajo en equipo y comparten sus habilidades. No conocen el «no puedo». Sólo saben que un dios o una energía —quién sabe si un árbol o el rayo del sol— les cede la oportunidad de vivir cada día y disfrutar con su corazón de las personas que quieren.

En ese paraje, las tradiciones y culturas son enseñadas desde que comienzan a respirar. Conocen el respeto y la dedicación. Son maestros de las adversidades y guerreros de luz.

Te quiero contar esto para que sepas que ahí llegamos un día de hace años.

Llegamos por vacaciones y nadie nos podía decir las sorpresas que nos tenían preparadas…

Al llegar, las diferencias raciales ya se notaban: nosotros, muy blanquitos salvo por otros un poco morenos, contrastábamos con el azabache y sus dientes blancos. Los rasgos habían sido marcados por el sol y la dureza del entorno, pero en todos lucían una mirada serena y sus rizos al viento.

Nos adentramos hacia lo profundo de Uganda. Atravesamos el paisaje seco y desabrigado, sin edificios ni centros comerciales, sin calles peatonales porque allí no hay asfalto, por donde tus cholas brincan al son de los tambores, la música y el ritmo.

Comimos como ellos. No había ni hamburguesas ni perritos calientes; aun así, la comida era buena, un festín para toda la semana. Nos miramos: ¡bienvenidos a Uganda!

Nos dimos un paseo por el mercado, donde los más ricos tienen su puestito y venden sus telas, pinturas y lo que puedan.

Cada uno de nosotros, al ver sus puestos, pensaba en su abuela, en su madre, en su hermana, en su esposa o novia o sencillamente en uno mismo, en cómo le quedarían a esas personas esas telas con ese colorido, inconfundibles y llenas de cargas positivas. Había una que era el color del chupachús. Nos miramos y corrimos hacia ella: el primero que la alcanzara se la llevaría. Compramos y, contentos, tomamos rumbo a uno de los poblados.

Llegamos a Zinga. Está entre montañas, apartada de la ciudad. Eran más o menos las cuatro de la tarde y nos recibieron como si fuéramos familia. Eso nos sorprendió: no habíamos avisado de que íbamos, no nos conocíamos ni dominábamos el idioma y menos aún teníamos idea de cómo eran sus costumbres.

Cada alojamiento era una habitación desde la que se escuchaba respirar al de al lado. La cocina era comunitaria —en la calle, mediante piedras y leña bajo el caldero familiar—, y alrededor se sentaban primero los niños, luego los hombres y por último las mujeres. Nos invitaron a comer y nosotros dijimos:

—No gracias; ya hemos comido.

Entonces salió alguien a quien nosotros denominamos «el presidente». Nos acompañó hasta la sala de reuniones y allí nos preguntó por qué habíamos ido allí.

Ante esto, contestamos:

—Gracias por tan magnifico recibimiento. Hemos venido desde las islas Canarias, donde el sol te abraza, el mar te recibe y su gente te ofrece lo que tiene.

Pensamos en disfrutar de nuestras vacaciones con nuestra otra familia, África —dijo Tony.

Ante esto, Ada —que, aunque parecía ser una chica flaca y debilucha, era pura fuerza— dijo en alta voz:

—Nos gustaría conocerlos, disfrutar de los parajes, saborear la comida y bailar al son del corazón. Llevamos tres días de ruta y nos hemos sorprendido, estamos con ganas de aprender todo de Uganda y su gente. Es como encontrar el tesoro perdido, la calidad humana.

—Bienvenidos a nuestro hogar. Nosotros tenemos algunas normas que se deben cumplir para convivir aquí:

»Primero: no queremos gente que mate.

»Segundo: no queremos gente que robe.

»Tercero: no queremos gente que no sea capaz de ayudar.

»Cuarto: no queremos gente que no sea capaz de saltar, bailar, reír o sólo ser el niño que siempre debemos llevar con nosotros.

»Si entienden esto y lo van a cumplir, son bien recibidos y esta es vuestra casa. Nosotros no pedimos nada a cambio, sólo cariño y respeto. Si quieren colaborar, sólo tienen que decirlo.

—Somos un grupo de médicos y enfermeros —respondió uno de nosotros—. ¿Cómo podemos ayudar?

Nos quedamos a dormir con ellos con el saco de dormir. Por techo teníamos las luces de las estrellas. Brillaban de tal forma que, cuando alzaba las manos, se deslizaban entre los dedos. Era como si fuéramos verdaderos magos.

A la mañana siguiente comenzamos a hablar entre nosotros, intentando saber cómo volver a acercarnos y devolverles su hospitalidad. De repente, una piedra y un grito nos sacaron de nuestra concentración. Los pequeños, los verdaderos y auténticos maestros, resolvieron nuestras dudas.

Estaban jugando al fútbol con una piedra cubierta de paja; ese era su balón. Se lo pasaban a distancias cortas pues, de otro modo, se destrozarían los pies.

Nos acercamos a ellos y nos dimos cuenta de que Ayo —significa alegría— se había hecho daño en el pie. Lo curamos con lo que teníamos, se lo vendamos y le dijimos que se estuviera quieto. Pedirle eso a un niño en nuestra tierra es posible porque tiene un videojuego a mano, pero a uno que vive sin los juegos tecnológicos… es casi imposible. Ayo, sin embargo, nos hizo caso y se sentó a ver el final del partido.

Nos sorprendió su tranquilidad. Tenía un rostro lleno de bondad, con una sonrisa sensible y la alegría en sus ojos. Desde el banquillo animaba a sus compañeros… pero no a los de su equipo sino a todos, pues todos formaban un único equipo.

Ayo es el pequeño de seis, cuatro varones y dos hermanas. Él y su padre se dedican a la caza y su madre, a cuidar de la familia. Viven con sus abuelos, dos ancianos llenos de arrugas, todos en una habitación y en la misma casa.

Junto a Ayo se encuentran, Bio, Orou, Bona y Bougnon, sus colegas de travesuras y hazañas.

Allí nos quedamos viendo ese partido de fútbol y ahí podemos decir que comenzó el inicio de nuestra amistad.

Ayo le gritaba a Bio:

—¡Pasa la pelota! No te la quedes para ti… ¿Pero no ves que no estás bien ubicado?

—¡Tú ahora no estás en el campo de juego! —contestaba Bio.

—¡Por eso! Lo veo desde fuera y no dejas jugar a nadie. Eso no es jugar… Todos tienen derecho a dar un toque al balón. ¡Bio! ¿No ves que Oru está mejor situado para tirar a puerta?… El bobo este…

Nos hizo mucha gracia. Miguel, nuestro compañero de viaje, se levantó y le gritó también a Bio,

—¡Biooooooo…! ¡Pasa la pelota que te pitan un fuera de juego! Chacho… ¡pero *pasaaaa…*! Ayo, este Bio es la leche… ¡No escucha!

Al otro lado estaban Kande y Nasha, las hermanas de Ayo, ayudando a su madre con la faena de la comida. En ese momento estaban limpiando las hojas del árbol y cortando las raíces. Habían traído el agua cargada en sus cabezas y ahora ayudaban a preparar el sustento para los hombres.

Cuando nos dimos cuenta, nos acercamos a Ayo y le preguntamos:

—Ayo, ¿ustedes no le echan una mano en las labores de la casa? Él nos miró con sorpresa:

—Chicos… ¡esto es África!, no Europa.

—Vale, vale… ¿pero ustedes pueden hacerlo?

—Si, pero, por nuestra cultura, los hombres cazamos y descansamos.

—Vale, lo entendemos, pero tú no has ido a cazar.

—¡Por eso estoy descansando!

No sabíamos si matarlo o reírnos. Nos dimos la vuelta y soltamos una carcajada.

Nos invitaron a comer y compartimos con ellos su manjar, hecho en nuestro honor. Eramos unas cuarenta personas. Al finalizar, nos brindaron sus bailes. Nos invitaron a bailar con ellos y, nosotros, muy valientes, seguimos a esos pobres ilusos que nos intentaron enseñar.

Ayo nos sacó a bailar. Éramos los perfectos patosos con sus primeros zapatos. Se burló de nosotros. Sin pensarlo dos veces, con la mirada traviesa y la voz cantarina, dijo:

—¡Manu! ¿Para todo eres igual de *malamañado*?

—Ayo, te puedo demostrar para lo que soy bueno, lo que pasa es que mi pareja de danza tiene un nivel muy alto.

Ayo se abalanzó sobre Manu y, sin darle tiempo suficiente para que pensara, lo sujetó por sus caderas.

Las carcajadas se respiraban en el aire: Manu tenía alrededor de su cintura una cuerda, Miguel la tenía entre sus piernas, a Ada le sujetaba las muñecas y a Tony, por ser el más fuerte, lo agarraba a un árbol.

—Ayo —preguntó Tony—, tienes que explicarme para qué me sujetas a este árbol.

—Sólo serás capaz de bailar cuando seas capaz de desatarte.

Ninguno de nosotros entendía la prueba… Pasaron más de diez minutos y él estaba tranquilo pero inquieto. Era mucho tiempo para él sin poder hacer ninguna trastada.

Entonces Miguel se fijó detenidamente en un hilo, tiró de él y se desató. Ante eso, todos lo copiamos e hicimos lo mismo. Empezamos a mover nuestro cuerpo, girando el contorno de todo lo que teníamos atado. No teníamos sentido de movimiento, pero nuestros brazos y piernas danzaron sin más.

Ayo estaba atento. Se acercó a nosotros, nos dio un beso en la mejilla y, alegremente, se giró, saltó y les gritó a todos:

—¡Les he enseñado a bailar!

No pudimos evitarlo: empezamos a chillar «lo hemos hecho, sabemos bailar».

Había conseguido, con sus ganas de aprender y compartir cómo él aprendió a bailar, con tan sólo atarnos y desatarnos, que nuestras caderas se movieran a los lados, que nuestras muñecas fueran de goma, que nuestras pies volaran y que nuestro cuerpo se doblara.

—Ayo, ¿puedes venir un momento?

—¿Qué pasó, chiquillos?

—Jajajaja… Eres mucho.

—Yo también aprendo.

—Gracias por ser nuestro pequeño gran maestro.

—De nada, ha sido sencillo.

—Has conseguido lo que otros no han hecho.

—Porque a los otros se les ha olvidado ser niños —respondió muy serio.

Nos quedamos en silencio. Nos dimos cuenta que Ayo era un inventor de felicidad. No hay edad para aprender ni para enseñar ni hay métodos establecidos sino las ganas que salen del corazón. Todos somos buenos en algo y la niñez nunca debe perderse en el tiempo ni en nuestras vidas.

Llegó el momento de despedirnos de todo el poblado. Con un montón de besos a nuestro Ayo, sellamos un compromiso de amistad leal y prometimos volver a por las siguientes clases de baile.

Todo es posible… Sólo hay que creer, trabajar por ello y apostar por todo lo bueno con amor. Todos somos compañeros de camino, todos tenemos parte de los colores de la vida y todos apostamos por lo mismo: ser felices.

Desde Zinga.

# SOBRE LA AUTORA

Hola, soy Ángeles Tavío Pérez. Vivo en una pequeña isla llena de encanto y amor, donde el mar es mi oxígeno y mi sol, la vida, es Gran Canaria. He crecido en un hogar lleno de complicidad y generosidad en el que mi familia y mis amigos son el motor de mi camino.

Deseo que te guste la historia de Zinga. Ellos son niños, como tú o como lo fui yo, que intentan ser felices y crecer en el amor… Disfruta, no olvides de vivir tu niñez y de compartir tus momentos. Acuérdate de que todos somos uno.

A por un mundo lleno de armonía.

Contacto: angeles@fulp.es

# Manuel Quintana Quintana

*Antonio y su vida feliz en el campo*

# *Antonio y su vida feliz en el campo*

Érase una vez un chiquillo llamado Antonio que vivía en una zona rural donde el trabajo consistía solamente en la labranza, atender los animales en general, plantar todas las hortalizas para poder comer y vender lo que se podía para poder adquirir otras cosas.

Le pusieron ese nombre porque sus papás tenían ya diez hijos y él era el número once. Según le dijeron, cuando fueron a ponerle el nombre, su padre no estaba seguro del nombre que quería ponerle, así que el señor que llevaba el registro abrió su libro y el primer nombre que apareció fue Antonio.

A él le encantaba vivir allí. Soñaba que se iba cada día con las personas adultas a realizar las labores. Quería hacer las cosas que ellos hacían, le encantaba imitarlos; sin embargo, eran tareas muy duras para él.

Antonio se sentía muy libre, pues todo el tiempo se lo pasaba en el campo y esto le hacía sentir fuerte y muy entusiasmado. Sólo estaba dentro de la casa cuando dormía, pero el resto del tiempo estaba por la pradera, corriendo y jugando.

Vivía feliz y pensaba que se estaba formando a sí mismo con esta forma de actuar, ver y hacer las cosas en esa vida. Era lo que él podía asimilar. Sin embargo, para él, aquello era un lugar privilegiado: jugaba con el barro, construía estanques con él... De hecho, tenía varios estanques y jugaba a regarlos como si estuviese regando un terreno cultivado.

Un día, pidió a Diego, su padre, que le hiciera una bestia —que es como se llamaban a las mulas, burros, bueyes… en general, todos los animales que servían para llevar carga— con el tronco de una hoja de palmera. Mientras le preparaban el juguete, iban tomando forma las diferentes partes del animal: la cola, los ojos, las narices, el hocico, la albarda, la tajarría, la cruceta…

Al acabar, le puso un hilo en la parte de adelante para que Antonio la llevase como si fuera el cabestro que se le pone a una mula o a un burro. Antonio se imaginaba que aquella figura era de verdad y consideraba que era su mula verdadera. Le puso el nombre de Lucera, así que por el camino iba tirando y diciendo:

—¡Arre, Lucera!

Otras veces, se montaba sobre ella y se arrastraba por encima de la hierba.

Cuando se le apetecía, se acercaba al chiquero dónde estaba la cochina con las crías. Allí podía jugar con los cerditos. Sabía que la cochina se enfadaba: no le gustaba que jugaran con sus crías y se ponía a gruñir, pero eso era lo más divertido. Le encantaba cómo gruñían los cerditos. Eso sí: se llenaba todo de suciedad. No era divertido para su mamá, pero eso para él era fantástico porque, en cierto modo, estaba intentando hacer lo que hacían los adultos; eso lo fortalecía y calmaba su ansía de sentirse grande.

Cuando se aburría, le tocaba el turno a las cabras. En su cuadra, las agarraba por los cuernos. Lo fascinaba observar los cuernos del carnero, enormes y tan retorcidos. Sabía que, si iba hacia él, el carnero le podía embestir porque tenía muy malas pulgas.

En su lugar, jugaba con los baifos —las crías de las cabras— y balaba como ellos.

A la hora de ordeñar a los animales, los ojos de Antonio se quedaban fijos sin pestañear al ver cómo salía la leche de la teta del animal que se estuviese ordeñando. Analizaba cómo quien ordeñaba tiraba la espuma que hacía la leche en el balde de latón para luego, al acabar, echar la bebida en la lechera.

Le gustaba tomarse la leche cruda, recién ordeñada. Con una lata y el zurrón con el gofio, la leche calentita… le ponía gofio, la revolvía y se la tomaba. ¡A Antonio le parecía deliciosa!

También observaba cómo se limpiaba la cama de los animales y él, a pesar de su pequeño tamaño, se ponía a hacerlo. Con la horqueta y la azada, muy seguro de sí, se metía en las cuadras, acumulaba todo lo que estaba recogiendo de la cama del animal y, ayudándose con la horqueta, lo cogía todo y lo llevaba al montón donde se acumulaba el estiércol. Luego volvía por allí para preparar de nuevo la cama de los animales con las hierbas y paja que por allí había.

Era divertido cuando se segaba el monte de retama y escobón —es así como se llamaban esas plantas que veía recoger—. Eran propias de su tierra. De hecho, se usaban para llevar a las cuadras de vacas y otros animales. En forma de ramas finas en forma de varas, se ataban muchas juntas, haciendo bultos de ellas que se llamaban «manadas», y se transportaban a la cuadra sobre una mula o un burro; a veces, las cargaban al hombro.

Se sentía feliz cuando le preparaban una de esas «manadas» apropiada a su tamaño y le dejaban llevarlas. Se sentía protagonista de la escena cuando eso ocurría. La depositaba en una zona muy cerca de la cuadra, donde más tarde la picaban con un machete grande. Era ese material el que, una vez limpio, se pondría bajo los animales para que estos pudieran acostarse y descansar.

A Antonio lo ilusionaba verse allí con el machete, picando. Se sentía muy importante, pues era peligroso.

Un día, aparecieron por la zona otros chicos que venían del pueblo. En este caso, Antonio se creció ante ellos, pues él era el único que vivía en la zona y, como conocía todo lo que se hacía, él era quien dominaba el territorio. Para él, cualquier otro chiquillo que viniera de fuera y quisiera poder meterse en su zona, lo primero que tenía que hacer era pedir permiso, hacerse amigo y obedecer a las normas que él ponía; para eso, Antonio era el dueño y señor.

Con tan sólo diez años, Antonio se sentía como si fuera un hombre fuerte de veinte años.

Cuando había que arar o preparar la tierra para cultivar, Antonio también participaba como podía: al preparar el terreno para plantar, antes había que picar la tierra y, para hacerlo, primero había que sembrarla con estiércol. Este se tenía que llevar en cestas de palma o mimbre para trasladarlo hasta los terrenos donde se plantaba y verterlo en la tierra. Antonio también llevaba su cesta.

Luego cogía la azada y comenzaba a picar la tierra para que el estiércol se introdujera en medio de los huecos en la tierra e hiciera de abono natural para la cosecha. Las varas del escobón y retama de la que hablábamos antes hacían que la tierra se ablandase y no se amasase entre sí misma y, así, la semilla que se plantaba pudiera nacer y crecer más fácilmente con el calor del abono.

Una vez que la tierra estaba picada y abonada, llegaba el momento de hacer surcos en la tierra para luego regar la zona. El surco es como una especie de canal en V con un ángulo de sesenta grados y cierta profundidad en la tierra. Por un lateral de ese canal se plantaba la papa. Se cogía la azada, se abría un hoyo y se echaba la papa en su interior.

Antonio se imaginaba que estaba en el lugar donde estaban las papas compradas para plantar. Las papas que se compraban tienen varios ojos —es así como se llama a las protuberancias que tienen las papas, como pequeñas verrugas, que son por donde germina—. Había que ir cortando las papas en dos o tres trozos para aprovechar la semilla y era algo que a Antonio le encantaba hacer.

La azada era pesada y la tenía que manejar su padre, Diego. Antonio tenía en una mano un cesto con trozos de papas. Mientras su padre clavaba una punta de la azada y abría el hoyo con ella, la misión de Antonio era tirar el trozo de la papa dentro de él. Diego aflojaba la azada y la tierra volvía a su lugar y dejaba la papa tapada.

Cuando llegaba el momento de regar, Antonio ayudaba a soltar el agua desde el estanque y, por la acequia, iba siguiendo el riachuelo hasta que llegaba al terreno a regar.

Esta vez le habían dejado a Antonio utilizar una azada, así que se disponía a hacer el trabajo que haría Diego: ir haciendo la balsa con tierra para que el agua se desviara por el surco correspondiente y se llenase de agua. Estaba atento a ver cuándo el agua llegaba al final de surco por si acaso su camino se interrumpía.

Cuando llegaba al final, Antonio corría al comienzo del surco para para cerrar el surco y que desviar el agua para el surco siguiente.

Con el tiempo y paciencia, Antonio vio cómo crecían las papas a base de regarlas y cómo comenzaba a salir la rama. Tendría que esperar unos cien días, tras haberlas plantado, para que llegara el momento de la siega. Utilizando otro instrumento, la hoz, cortaba la planta para llevarla como comida para los animales. Era una nueva actividad muy entretenida para Antonio: ayudar a cargar la rama en el burro y llevarla para la cuadra.

¡Y llegaba, por fin, el gran día! ¡Tocaba coger las papas! Antonio no se lo perdería: estaba allí con el burro, los sacos, las azadas, el agua y la comida para todos los vecinos que acudían a ayudar a sacar las papas, porque recolectar las papas era un trabajo en equipo en el que los vecinos ayudaban.

¡Era un día importante! Un día de compañerismo, trabajo y fiesta.

En la casa de la familia estaba la madre preparando el sancocho. Las primeras papas que llegaban se cogían y pelaban para cocinar la comida del día. Cuando llegaban todos los que han trabajado en la recogida de papas, se comían el sancocho con un mojo tipo cardo con trozos de huevos sancochados en el interior.

Ahí, acababa la tarea y Antonio, súpercontento y feliz por el delicioso sancocho y por haber colaborado, se sentía realizado.

Y colorín colorado, en este momento me he despertado… con la sensación de lo mucho que he trabajado.

# SOBRE EL AUTOR

El motivo de escribir *Antonio y su vida feliz en el campo* fue el recuerdo de sentirme grande cuando era un niño de doce años. A través de estos renglones quiero transmitir mi creencia en que todos los seres humanos, en algún sentido, tenemos algo muy común que data desde que somos niños: la inocencia y la voluntad por imitar a los mayores en el ambiente que rodeó a cada cual. Quiero entender que, cuando se es un niño, solamente se ve el presente de cada día y eso es lo que nos hace felices.

De las distintas emociones que existen, creo que la más usual en la vida del ser humano, sobre todo cuando somos niños, es esa que nos hace sentirnos grandes ante los demás en edad similar, ya fueran de nuestro entorno o con desconocidos, y que te hace demostrar de lo que eres capaz, sin ver o entender el riesgo que ello supone, y todo con motivo de la inocencia que se tiene en esa edad. El nombre de esa emoción, desde mi punto de vista, es: ¡¡el orgullo!!.

Contacto: manuelqq2@gmail.com

# José Piñeiro Cortés

## *Zohar y el arte de negociar*

# Zohar y el arte de negociar

Zohar había nacido en el barrio de Bayazit, un barrio lleno de comercios tradicionales, tetería y cafeterías. A los diecisiete años empezó a trabajar en una de las tiendas que su familia tenía en el Gran Bazar —uno de los bazares más grandes del mundo—, donde los comerciantes se enorgullecen de ser muy hábiles en las negociaciones, incluso de poseer grandes habilidades en el enredo, el embuste y la disuasión.

Su padre, Acar, tenía varias tiendas de ropa y bolsos. Él había heredado la tienda de su padre, por lo que Zohar pertenecía a la tercera generación de tenderos y comerciantes. Su padre y su abuelo le habían transmitido, de manera natural, los secretos de sus negocios con los que habían sacado a toda la familia adelante durante años y años.

Sin duda, Zohar se había criado en un ambiente en el que era muy fácil aprender todas esas habilidades tan necesarias para sacar adelante una pequeña tienda en un gran bazar con cientos de competidores a su alrededor, y ya conocía todos los secretos de una buena venta. Su abuelo y después su padre le habían enseñado, entre charla y charla, hasta dónde debía ceder en una negociación y cuándo debía salir de ella.

Zohar practicaba desde el colegio con cualquier cosa que caía en sus manos: un cuaderno, un bolígrafo, una cartera o un viejo móvil. El trueque y la venta —y a veces la pillería— se habían convertido en una actividad habitual, divertida y rentable para él.

Jacobo, por su parte, había nacido en una ciudad situada en el suroeste de España. Sus padres eran trabajadores y en su familia no había habido empresarios ni comerciantes. Su familia únicamente le había transmitido honradez, trabajo y espíritu de sacrificio.

En su visión de la vida no cabía el engaño; nunca necesitó negociar porque en su casa no se negociaba. Su infancia había estado llena de sinsabores, desengaños, frustraciones y hasta algún complejo debido a sus pocas habilidades de comunicación.

Inició su vida profesional como contable, pero ni siquiera en su actividad profesional se atrevía a vender sus capacidades. Se sentía inseguro, con temor y con pocas habilidades para convencer o disuadir a nadie. Sabía que, para ello, se necesitaba una gran seguridad en sí mismo y una mínima formación en técnicas de venta.

Por fortuna conoció a Rosalía, una mujer que lo acompañaría toda su vida y que le aportaría la seguridad que en ese momento necesitaba. Jacobo había encontrado, sin saberlo, a la persona con la que superaría todas aquellos miedos y limitaciones.

Poco a poco tuvo la necesidad de cambiar su modelo de negocio. Fue entonces cuando decidió comenzar una formación que le permitiera abrirse al mercado y competir con todas las herramientas modernas para vender: entre ellas, las técnicas de negociación.

Le enseñaron que, al negociar, siempre se empezaba con posiciones muy distantes para acercarlas poco a poco hasta que conectaran. También aprendió que, cuando se negocia un precio y hay mucha diferencia de opinión entre las partes, había que ceder en tramos pequeños.

Todo eran microtécnicas, pequeños consejos. El problema es que no le habían enseñado nada sobre el significado que para otras culturas tenía el «regateo», la negociación y el acuerdo.

En algunas culturas, de hecho, discutir por el valor de una mercancía es darle valor al producto, muestra un interés en la mercancía y el reconocimiento de la labor de un comerciante; para ellos, una buena venta sin negociación se convierte en una mera actividad de despachar artículos que no requiere habilidad alguna y que tampoco ensalza la profesionalidad del mercader. ¿Acaso se requiere algún conocimiento de *marketing* para despachar pan en una panadería, medicamentos en una farmacia o churros en una churrería? Es evidente que nada tiene que ver un dependiente normal con un avispado comerciante.

A Jacobo y Rosalía les gustaba mucho viajar y conocer otras culturas y organizaron, en pleno mes de diciembre —para evitar los inconvenientes de las altas temperaturas veraniegas—, un viaje a Estambul junto con unos amigos. Querían visitar las mezquitas, el mercado de las especias, el Gran Bazar, los rincones de la ciudad, el Bósforo y, sobre todo, impregnarse del ambiente, la cultura y la forma de ser de sus habitantes

A primera hora de la tarde, nada más llegar a Estambul, ya les produjo un gran impacto emocional escuchar los rezos desde los minaretes de las mezquitas y el profundo respeto, incluso silencio, que acompañaba a los mismos. Se podría decir que aquellos sonidos eran la antesala de otro mundo desconocido pero exótico, apasionante, lleno de detalles, de belleza, de historia, de cultura... Eran elementos en los que había que adentrarse inmediatamente, el comienzo de la aventura que se había iniciado con aquel viaje.

El hotel en el que se hospedaban, muy céntrico y cerca del Gran Bazar, era majestuoso. Los recibió un amplísimo *hall* muy bien ambientado y, acto seguido, unas habitaciones grandes y muy cómodas. El baño era enorme y todos los detalles, muy cuidados.

Nada más llegar, Jacobo se dio cuenta de que su viaje no estaría completo si no disfrutaba de uno de los placeres de Estambul: los baños turcos. Fue entonces cuando cayó en la cuenta de que, al haber planificado el viaje en invierno, no había recordado poner un bañador entre los enseres de viaje. Tendría que comprar uno y estaba seguro que en el Gran Bazar encontraría lo que necesitaba, aunque no sabía si lo iba a hallar fácilmente.

Reunido todo el grupo del viaje para decidir dónde cenaban aquella noche, Jacobo y Rosalía les informaron de su intención de comprar el bañador y quedaron con sus amigos en acercarse al Gran Bazar para adquirirlo y después tomar un té en las inmediaciones, donde los esperarían hasta que terminaran.

Jacobo y Rosalía se adentraron en el espacio más alucinante que habían conocido: calles y calles llenas de tiendas, multitud de personas de todas las razas y lenguas del mundo, millones de artículos diferentes como vestidos, alfombras, ropa de todo tipo, enseres, especias y, así, un largo etcétera.

Naturalmente pensaron que en aquel «mercadillo» gigantesco sería muy fácil encontrar una prenda tan corriente como un bañador, sobre todo por los baños turcos, pero no fue así: preguntaron en muchas tiendas, mas no era temporada de bañadores y los comerciantes no eran amigos de recomendar otras tiendas en las que pudieran venderlos.

Después de mucho tiempo preguntando, se dieron cuenta que existía una alta probabilidad de no encontrar lo que iban buscando. En una de las tiendas se ofrecieron a acompañarlos a otro lugar. Jacobo y Rosalía, confiados, siguieron a un hombre que los condujo por tortuosas calles alejadas del barullo del Gran Bazar.

Jacobo y Rosalía sintieron miedo. Se habían confiado a una persona que no conocían de nada y los estaba llevando, por lo más oscuro del Gran Bazar, a no sabían qué lugar.

Nerviosos y presos casi de pánico, le dijeron a aquel hombre que se les hacía tarde y debían volver. Regresaron solos al centro del Gran Bazar, donde, rodeados de tiendas y de mucha gente, volvieron a estar tranquilos.

¡Y justo en ese momento vieron una tienda diferente!, llena de ropa de todo tipo o, mejor dicho, lleno de multitud de prendas y accesorios. Jacobo y Rosalía se detuvieron allí e inmediatamente se les acercó un hombre para preguntarles si podía ayudarlos. En un escaso inglés trataron de explicarle lo que iban buscando, aquel hombre entró en la tienda llamó a otra persona y salieron los dos. Fue entonces cuando apareció Zohar.

—*May I help you?*

—Sí, venimos buscando un bañador.

—*Sorry?*

Después de unos minutos en que tratamos de explicarle qué prenda necesitaban, pareció comprender que, si quería vender, debía ser él quien se esforzara con el idioma y comenzó a hablar en castellano. Es indudable que Zohar haría todo lo que estuviera en su mano para vender lo que fuera a quien fuera.

—Sí, tengo bañadores pero en otro lugar; debo ir allí y traerlos.

—Ah, perfecto, pues lo esperamos —contestó la pareja.

A Zohar se le iluminaron los ojos y, después de rogar que esperaran un momento, salió corriendo a buscar la prenda solicitada.

Al cabo de no más de diez minutos, apareció con varios bañadores. Con ninguno de ellos se habría atrevido Jacobo a presentarse en ninguna playa: tenían colores chillones, flores, rayas llamativas o dibujos nunca vistos. Debía elegir entre cuál de ellos le resultaba el menos horrible, pero era lo que había y no estaba dispuesto a perder más tiempo en eso, así que eligió uno que había en tonos oscuros y fue entonces cuando Jacobo buscó en su mente los apuntes de técnicas de negociación, los insertó en su memoria reciente y preguntó:

—¿Cuánto vale?

—Veintiocho euros —contestó Zohar.

En ese momento sabía que había llegado la hora de poner en práctica su formación y pensó que aquello iba a ser fácil; en realidad estaba dispuesto a pagar hasta treinta euros, pero aquel precio, aunque lo veía caro, entraba dentro de su presupuesto cuando decidió comprar uno en Estambul. No tenía ni idea de lo que sucedería después ni la utilidad que aquel suceso tendría en su vida profesional.

—Le ofrezco ocho euros, contestó Jacobo.

Zohar lo miró con cara de póker y sonrió: sabía que comenzaba el juego de la persuasión, el mundo donde él se había criado. Tiró de toda su práctica y respondió:

—Puedo bajarlo a veinticuatro euros, pero es mi última oferta.

Entonces Jacobo recordó que no debía alejarse mucho de su primera oferta porque entonces le daría mucha ventaja en la negociación y Zohar lo vería una presa fácil.

—Le ofrezco diez euros —le contestó Jacobo.

—Veintidós euros y no hablemos más —respondió Zohar.

—Le ofrezco doce euros.

—Veinte euros. Le advierto que no va a encontrar bañadores, estos son los últimos que quedan.

—Catorce euros —replicó Jacobo sin inmutarse.

Zohar se volvió, hizo el ademán de marcharse y, cuando ellos se habían dado la vuelta para regresar —ya por una cuestión de estrategia, aunque sabían que tendrían que volver a comprarlo—, él se volvió y dijo:

—¡Venga! Dieciocho euros... ¡pero esta sí es ya mi última oferta!

En aquel momento Jacobo cometió un error propio de la inexperiencia: pensó que, si se iba y volvía después, iba a acceder a rebajarlo más. En realidad, no sabía por qué estaba discutiendo ese precio; al fin y al cabo, era un precio fantástico porque la utilidad que le daba superaba el precio que estaba pagando por él, que era en realidad lo que importaba, pero la ignorancia es muy atrevida y se marcharon.

A la mañana siguiente, al pasar por la zona de acceso a los baños del hotel, Jacobo entendió que había cometido una estupidez: no había entendido nada de las técnicas de negociación, para empezar que él perdía mucho más con la posición adoptada que Zohar. Cayó en la cuenta de la primera regla de oro en una negociación: «...cuidado con cuándo decides abandonar y valora si lo que vas a perder al hacerlo es mucho más que lo que vas a ganar si cedes un poco más. Hay que tener ese equilibrio siempre presente».

Guardó su orgullo para mejor ocasión y volvió al Gran Bazar con la esperanza de encontrar a Zohar y retomar la negociación. Después de esperar unos minutos alrededor de la tienda, apareció y, nada más verlo, le dijo:

—¿Quieres el bañador?

Se acordaba de Jacobo perfectamente.

—Claro —respondió—. Vengo a ver si todavía los tienes.

—Sí, ahora voy a buscarlo.

Apareció al momento, sólo con el que le había gustado, y le preguntó:

—Era este, ¿no?

—Sí. Me dijiste que dieciocho euros. ¿no?

—Sí, eso le dije, pero hoy ya no vale dieciocho euros. Eso fue ayer. Hoy vale veinticinco euros.

—¿Cómo es posible? —dijo Jacobo muy enojado— Ayer me dijo dieciocho.

—Sí, pero eso fue ayer. Hoy ha subido de precio. Ayer le hice una buena oferta y usted la rechazó pero hoy ha venido a buscarlo; entonces, hoy el bañador tiene más valor y por tanto ha subido el precio. Lo toma o lo deja.

En ese momento, Jacobo se sintió fatal. Ahora tendría que reconocer que aquel joven de diecisiete años le había ganado y estaba en sus manos. Con rabia y resignación, acepté:

—Ok, me lo llevo. Realmente lo necesito.

—Perfecto, le doy una bolsa.

Ahí terminó todo. Jacobo pagó los veinticinco euros, cuando pudo haber pagado dieciocho el día anterior, y se marchó.

Dos culturas se habían encontrado en una negociación; dos personas con dos historias diferentes, con dos vivencias y educación distintas, se habían conocido y habían vivido un acontecimiento juntos, habían medido sus conocimientos, sus habilidades, su fortaleza mental y, en definitiva, su forma de ser y su cultura.

Jacobo aprendió varias cosas que inmediatamente añadió a su formación en negociación, cosas que solamente puede dar la experiencia y que son las siguientes:

• Una negociación es un acto de comunicación entre dos personas en la que siempre debe prevalecer un gran respeto por la otra parte y, sobre todo, un gran respeto por su posición negociadora. Todo el mundo tiene su dignidad, sus líneas rojas en la negociación y se tiene que sentir valorado. Las emociones son más importantes que aquello sobre lo que se negocia.

• En una negociación deben ganar las dos partes. Si una de ellas sale triunfadora y la otra con la sensación de haber perdido, es un fracaso de negociación. Esa negociación se habrá cerrado en falso.

• En una negociación, la finalidad última es entenderse y llegar a un acuerdo, sea de precio o de lo que sea. El fracaso es abandonar; por tanto, hay que ir con la idea de que en la negociación vas a tener que ceder hasta una zona que no te gustará.

• No se puede pensar que porque uno se haya formado ya sabe sobre lo que ha estudiado: las emociones, el orgullo, la dignidad, y otras muchas cosas influyen muy significativamente en el resultado de la negociación.

• Si tu línea roja de negociación —los treinta euros que pensaba pagar Jacobo por el bañador—, está por encima del acuerdo, nunca se debe abandonar o pagarás las consecuencias.

• Reconocer que te has equivocado y rectificar es esencial para conseguir tus objetivos —tener un bañador y disfrutar de los baños turcos—. Jacobo se tragó su orgullo y rectificó. Le costó más, pero consiguió disfrutar de lo que quería y, al final, pagó menos de lo que hubiera estado dispuesto en un principio. Aquel sobrecosto era muy barato para lo que había aprendido. El orgullo, en la mayoría de los casos, perjudica todo lo que toca.

• Cuando se afronta una negociación tiene mucha importancia el estilo de la misma: no es lo mismo acudir a ella invitando a la otra parte a participar en una especie de juego que declararle la guerra desde el primer momento. Se nota en todo: en los gestos de la cara, en el talante de la negociación, en el tono de la conversación y, sin duda, predispone la respuesta del otro. Si la otra parte lo acepta como juego, va a ceder mucho más que si lo ve como una contienda. Aunque sea por egoísmo, debemos aprender esto porque, al final, ganas más y dejas abiertas las puertas para futuras negociaciones; de lo contrario, se habrán cerrado puestas que no se abrirán nunca.

Por su parte, Zohar comprobó una vez más que el oficio de sus antepasados era un gran legado que le habían dejado y que las enseñanzas de su abuelo y su padre tenían un gran valor y eran inalterables con el paso del tiempo. Jacobo había tenido la gran suerte de vivir una experiencia y recibir una enseñanza imposible de transmitir en un curso de formación y le había salido baratísima: sólo siete euros —la diferencia que tuvo que pagar al día siguiente—.

El viaje a Estambul de Jacobo fue maravilloso. Las vistas del Bósforo, con aquel tránsito de barcos, la belleza de las mezquitas, sensaciones, los olores del mercado de las especias, los sabores de las comidas, la estética de la ciudad, las personas, las costumbres... conformaban, en fin, un todo que Jacobo y Rosalía recordarían toda su vida con mucho cariño e incluso con admiración.

Aquel viaje le dio a Jacobo una gran lección de vida y de sabiduría que le permitió alcanzar muchos éxitos profesionales difíciles de conseguir sin esa experiencia.

Actualmente, son muchos los procesos de negociación en los que participa y ha conseguido acuerdos muy difíciles que han posibilitado soluciones a problemas serios.

Zohar ha contribuido mucho a ello.

# SOBRE EL AUTOR

Vivo en Mérida (Extremadura).

Trabajo como consultor y consejero de empresas.

Este cuento lo escribí porque me gustan las experiencias que aportan enseñanzas en la vida.

Con este cuento me gustaría que se hiciera una reflexión sobre la empatía con las personas y la importancia de no prejuzgar las cosas antes de vivirlas.

Contacto: josepineiro@asesoresempresariales.com

Facebook: Jose Piñeiro Cortés

# Juan Jesús Doreste Aguilar

## *Āsiam, la leyenda de la mujer águila*

# Āsiam, la leyenda de la mujer águila

Āsiam. Así se llamaba aquella niña sucia, de ojos tristes, pelo desgreñado y vestida con harapos.

Sólo recordaba de su origen lo que siempre le contaban: que casi siendo una cría la habían recogido en la zona desértica, la más cercana a la cordillera de la zona sur. Aunque había sido acogida en aquella tribu, los chimut, salvo porque contaba con comida y un techo, su vida allí podría considerarse peor que la soledad.

Permíteme comenzar esta historia por el principio.

Los chimut eran recolectores, agricultores incipientes y ganaderos, pues la región donde vivían, aunque era amplia, estaba acotada por los cuatro puntos cardinales por unas imponentes cadenas montañosas. «Recolectores» significa que recogían lo que en la tierra, de manera espontánea, crecía: bayas, frutas silvestre, hierbas aromáticas y curativas… «Agricultores incipientes» quiere decir que, desde hacía poco tiempo, no más de tres generaciones, habían aprendido el trabajo de arar, plantar y cultivas semillas, según lo conveniente para cada estación del año. Si bien vivían tranquilos ante la amenaza de depredadores y de las incursiones de otras tribus, no podían contar con la caza ni con el comercio, por lo que su sustento dependía principalmente de los animales que criaban y de lo que plantaban y recogían en aquellas tierras.

El día a día de Āsiam, en lo que ella alcanzaba a recordar, se desarrollaba en la tienda del jefe de la tribu, donde servía a la mujer de este, llamada Zomola.

Como buena parte de las mujeres de los chimut, Zomola era adusta, tosca y tan parca en palabras como casi todos ellos.

Aunque resulte triste contarlo, los chimut eran, en su esencia, una tribu sin apenas historias, por lo que pocas veces hallaban placer en las cada vez más infrecuentes rondas tribales nocturnas alrededor de la hoguera.

Permíteme hacer una pequeña parada, eso que los escritores llamamos un inciso, para comentarte que, hace unos pocos miles de años, cuando aún no existía la escritura y, por lo tanto, tampoco los libros ni se podía leer. La sabiduría de las tribus y los pueblos se transmitía de manera oral a través de historias, mitos y leyendas. Sin televisión ni móviles ni ordenadores, cines, libros ni luz eléctrica que permitiese continuar el ritmo de vida normal en las horas nocturnas, a las tribus les gustaba reunirse, bordear en círculo una o más hogueras y, allí, escuchar cómo los más sabios y ancianos contaban historias que daban sentido a todo lo que les tocaba vivir. Sin embargo, los chimut, en la práctica, ya apenas lo hacían; de hecho, se creía que Tmut, que era el nombre de su jefe, si bien no era el que más ganado poseía ni el que más tierras tenía cultivadas, era el jefe de los chimut por ser quien más historias recordaba, incluyendo el uso medicinal de algunas plantas y cómo estar a bien «la tribu» con sus dioses.

Sí. durante un tiempo que ni podríamos imaginar, muchos de los seres humanos adoraban no a un dios sino a un conjunto de dioses, siempre distintos según las distintas zonas, regiones e, incluso, tribus cercanas. Eran dioses a los que los chimut les habían pedido tantas veces que «les abrieran las montañas» que los cercaba que ya, cansados, casi ni lo hacían y, por no hablarles ni siquiera a sus dioses, algunos de sus divinos nombres habían caído en el olvido.

Zomola resaltaba en tamaño respecto a las otras mujeres chimut: la espalda y los hombros eran anchos, a juego con unas amplias caderas; la cabeza era redondeada y desproporcionada, con unos pómulos sobresalientes separados por una nariz corta y prominente; los ojos estaban exageradamente separados y daban la impresión de abarcarlo todo; y también poseía una voz tronante y de una gravedad inusual.

De los ocho hijos engendrados por Tmut y Zomola que llegaron a nacer, sólo cuatro sobrevivieron a las primeras semanas de vida. Las condiciones de vida para los chimut eran duras. Lo normal era que, de cada seis niños nacidos, sólo tres sobrevivieran a los primeros días o semanas y sólo uno llegase a edad anciana.

Āsiam, que fue encontrada tras el nacimiento de su sexto hijo, coincidía en edad y tamaño con la más pequeña de los cuatro que seguían con vida.

Sin embargo, Āsiam nunca fue una hija más; al menos, Zomola nunca la miró así. No comía en la mesa con ellos sino en una tosca butaca aparte y en las más de las ocasiones se alimentaba con la comida que les sobraba; vestía las ropas que ya dejaban de usar los hijos y dormía en una zona exterior de la cabaña, clara señal de que no era considerada una de ellos. Se diría que el único afecto que recibía era el de algunos de los perros encargados de cuidar el ganado, que en las noches, especialmente las más frías, se acurrucaban junto a ella, quien gustaba de acogerlos debajo de su pequeña manta.

Ese día, en particular, Āsiam se encontraba con el semblante triste. Zomola, al verla así mientras la pequeña recogía los utensilios usados en la primera comida del día —en aquella época todavía no se había inventado la palabra desayuno—, le dijo, como ya había hecho antes en bastantes ocasiones:

—Haces bien en estar sombría. Sola te encontramos en el desierto, sola estás con una tribu que no es la tuya y sola estarás siempre aunque tengas el honor de servir en la tienda del más honorable de los hombres de esta tribu. Acaba pronto, hoy irás a ayudar en las tierras junto a mis dos hijos mayores.

Āsiam, quien, a pesar de toda adversidad, aún tenía dentro de sí un espíritu alegre, infló todo lo que pudo sus mofletes, arrugó sus cejas, escondió su cabeza casi en los hombros y, abriendo mucho sus rodillas para caminar como a zancadas, le dijo con un tono de voz grave a Zomola:

—Mira, mira… soy una chimut.

Zomola agarró el primer utensilio de madera que encontró a mano y lo lanzó hacia Āsiam, quien, ágil como un mono, lo esquivó mientras le pasaba rozando la cabeza.

Tmut, quien contemplaba en la sombra la escena, estuvo a punto de soltar una sonora carcajada, pero ver el rostro enjuto y enojado de Zomola lo contuvo. A su manera, sentía afecto por la pequeña Āsiam y, si por él fuera, le daría cobijo dentro de la cabaña. A veces, le guardaba intencionadamente alguna pieza de la mejor comida y en las noches más frías era quien se encargaba de que, casi por arte de magia, en el pequeño recodo exterior donde dormía Āsiam apareciera alguna nueva manta o la piel de algún ganado que hubiese muerto recientemente.

Āsiam poseía el don de recordar y experimentar de manera muy vívida sus sueños. Hay personas que cultivan la facultad de meterse en sus sueños —la mayoría de los niños en sus primeros años lo hacen— y Āsiam no la había perdido.

Esa noche, abrazada para dar abrigo a uno de los nuevos cachorros, tuvo un sueño que la dejó marcada para siempre: se encontraba arando en las tierras de Tmut bajo un tórrido sol cuando un graznido en la lejanía llamó toda su atención. Primero era un punto en lo alto del cielo pero poco a poco fue aumentando y cobrando una forma grácil sobre el intenso azul del cielo. Un águila, hermosa, enorme y majestuosa descendía hacia ella con su imponente aleteo. Se posó en el suelo a pocos metros de ella. En su sueño, el águila era tres o cuatro veces mayor que ella y, con varios gestos de cuello y cabeza, la invitaba a que subiese sobre su lomo.

Más con sorpresa que con temor, la pequeña subió sobre la rapaz. Sus pantorrillas quedaron apoyadas en la parte inferior del naciente de ambas alas y sus manos, sujetas en el plumaje de su amplio cuello. Estar en el aire no la sorprendió; en sus sueños era frecuente que volase, pero hacerlo a lomos de esa imponente criatura le otorgó un sentimiento nuevo de plena exultación.

El águila la sacaba de aquel lugar sobrevolando las amplias tierras circundantes y las altas cordilleras que las bordeaban. Tan real le parecía lo que estaba viviendo que sentía claramente el aire frío de las alturas, como un viento que la traspasaba y con el que se fundía.

Al despertar en la mañana, en la mente inocente de la pequeña Āsiam jamás hubo diferencia entre el sueño y la realidad. Desde entonces, comenzó a brillar la luz de la esperanza en su mirada.

Sin embargo, pasaron los años y esa águila, esperada tan ansiosamente, no aparecía; tampoco en sus sueños.

Āsiam cumplió los dieciséis años. Todos los jóvenes de aquel poblado se habían comprometido y, tal como le había dicho la mujer del jefe de la tribu, ella estaría sola y cada vez desarrollaría trabajos más duros.

Un día, escuchó un graznido y vio en lo alto a la enorme águila que, imperturbable, atravesaba el cielo que cubría el poblado; al verla pasar de largo, salió corriendo tras ella, como empujada por un resorte a la vista de todos, sin pensárselo dos veces. Sin escuchar las voces y gritos de que volviese —especialmente las atronadoras órdenes de Zomola—, corrió y corrió. Ninguno de quienes trataron de seguirla resistieron el ritmo de Āsiam y tuvieron que desistir de alcanzarla.

La joven, sin preocuparse por el cansancio, la fatiga, el calor o la entrecortada respiración, sólo se daba una orden a sí misma: no perder de vista el águila y seguirla a donde fuere. Su cuerpo, fortalecido con tanto trabajo y fatiga, la obedeció.

Sin ninguna noción del tiempo que le llevó, no paró de correr hasta que  llegó a los pies de una enorme cordillera de montañas y, al contemplar la inmensidad de su altura y lo escarpado de sus paredes, entendió, entre lágrimas que salían de la más profunda desesperación, que jamás podría subir allí, menos aún hasta el nido de aquel águila en una de las cimas que observaba desconsoladamente. En ese momento entendió que aquel animal, tan anhelado, no tenía ninguna intención de hacer nada por ella.

Tardó toda la noche en regresar, ahora con unos pies que parecían pesarle como el plomo. Zomola la sujetó fuertemente por uno de sus brazos, la ató a un poste en el centro del poblado y mandó llamar a todos para que Āsiam fuera castigada a base de azotes por su huida y por la desobediencia a sus órdenes. Por fortuna para ella, Tmut se ofreció a azotarla. Debido a la presencia continua de la joven en su cabaña y el servicio que siempre le había prestado a Zomola, su afecto paternal no había cambiado y sabía que, al ser él quien la azotase, podría refrenar el impulso de sus golpes y, tras unos pocos, decir que ya eran suficientes —que fue lo que hizo—, consciente de que nadie discutiría esa decisión; de dejar el castigo en manos de otro, sin duda sería mucho peor para ella. Todavía hay quienes discuten si vieron lágrimas o no en el rostro de Tmut mientras la golpeaba.

Para colmo, unos días más tarde, un cazador apareció con el águila muerta, con un par de flechas que atravesaban su grácil cuerpo. El mundo de Āsiam se vino totalmente abajo. La esperanza que había albergado durante tantos años, junto con la experiencia de su escapada al perseguirla, se había esfumado para siempre.

«Sola» y «sirviente» eran las dos palabras que se repetían en su mente una y otra vez y que ensombrecían el pasar de sus días, semanas y meses.

Poco a poco, parecía incluso haber perdido la facultad no sólo de participar en sus sueños sino siquiera la de recordarlos. Con el cambio de estación, al comenzar los tiempos fríos, una noche, de nuevo abrazada bajo su manta a alguno de los nuevos cachorrillos, volvió a tener un sueño tan vívido como los de antaño y en él aparecía de nuevo el águila. Āsiam, enojada a pesar de estar dormida, trató de resistirse al sueño todo lo que pudo, dado el enojo que sentía por aquel ave que no sólo no hizo nada por ella sino que ni siquiera sobrevivió a las flechas del cazador, pero esta no abandonó su mente y, cuando Āsiam se rindió, se vio envuelta en un sueño distinto:

Esa noche volvió a sentir el viento en su rostro, subida nuevamente en el lomo del animal, y poco a poco, sin saber cómo pasan esas cosas en la magia de los sueños, su cuerpo —tal como hace una lasca de mantequilla sobre un pan caliente— se fue fundiendo gradualmente con la espléndida rapaz. Sintió cómo el cuerpo se le volvía casi ingrávido, cómo los brazos se le tornaban grandes alas, la sensación del aire que los mantenía, así como la fortaleza que emanaba de sus afiladas zarpas y su férreo pico. Incluso sintió como salió de su pecho un sonoro graznido que retumbó a lo largo de muchos kilómetros y que anunciaba a todos su presencia.

Sin distinguir entre el sueño y la vigilia, Āsiam abrió sus ojos en la oscura noche. Sólo arropada por la fina manta sobre sus hombros, esta vez sin que nadie se percatara de ella, corrió como nunca lo había hecho, más incluso que la vez que años atrás había perseguido al águila.

Al fundirse con el águila, algo había cambiado dentro de ella muy en lo profundo, no como un pensamiento sino como una intuición: no había ningún águila que viniese en su rescate a llevársela porque ella, Āsiam, ¡era el águila! Hay quienes lo llaman tótem; otros, animal de poder, pero en ese momento Āsiam era una joven fuerte y ágil cuyo espíritu también era uno con el del águila, sin distinción ni separación alguna. El sueño, ambos sueños, siempre fueron sobre ella misma: ella y sólo ella era el águila de su libertad y ya no volvería atrás. Ahora sabía quién era y no era una joven solitaria y sirviente en una tribu que nunca tuvo el corazón de acogerla como una de ellos.

Con los primeros rayos de sol llegó a los pies de aquellas imponentes montañas y, sacando fuerzas de su nueva identidad, sin ningún temor a las empinadas paredes rocosas, sintiendo los dedos de sus manos y pies como poderosas garras que se asían al más minúsculo saliente en la piedra, consiguió subir y subir, trepar sin mirar abajo en ningún momento, hasta que, con las manos y los pies casi destrozados, llegó al nido ahora vacío del águila que una vez siguió.

Desde allí, desde esa altura imponente, lo que vio frente a ella, a lo lejos, fue una tierra inmensa, fértil, hermosa, con humo que salía de hogueras de varias poblaciones. Un leve vistazo atrás y abajo de todo lo que había subido y por donde lo había hecho le confirmó que sólo una mujer que se sabe águila hubiera podido llegar hasta allí.

En ese momento cogió las plumas que quedaban en aquel nido, se las puso sobre ella como pudo y de manera consciente, ya totalmente fuera de cualquier sueño, reafirmó allí, en lo más alto de la tierra, rozando el cielo y con el sol de testigo, la decisión de ser ella misma, ahora y por siempre la única águila de su libertad.

Decenas, centenares de años más tarde, en todas las aldeas de la vasta región que una vez Āsiam contemplara en la cima aún se cuentan las historias de la mujer águila: la joven mujer que un día apareció hablando el idioma de los chimut, que en poco tiempo aprendió a convivir con ellos y que subía a las cumbres más escarpadas, a donde ninguno de ellos se había atrevido a llegar jamás, que fue la más valiente cazadora que nunca se hubiera conocido y a la que jamás se la llegaba a alcanzar en carrera alguna. Compartió el resto de su vida con un buen hombre, con varios niños hermosos, y supo que a la tribu donde ella pasó su infancia, los chimut, se los conocía como los «esclavos de sus miras», pues aquella tribu nunca había sabido que existían más tierras y más vida tras aquellas montañas entre las que se encontraban.

# SOBRE EL AUTOR

El cuento *Āsiam, la leyenda de la mujer águila* es un homenaje a Walt Disney y al modelo de contar historias de su compañía. Nació, en un modo muy esquemático, en una formación sobre lenguaje hipnótico, y lo retomé —desarrollándolo— ante la propuesta de este libro. Es una historia que conecta con la profunda necesidad de hacernos responsables de nuestra propia historia a fin de ser la persona que podríamos llegar a ser.

Me dedico a facilitar vidas extraordinarias, ya sea en la dirección de un centro de enseñanza musical como en el terreno de la hipnosis y la formación emocional. Las letras y los libros son uno de mis grandes amores en la vida, y ojalá lo sean también en la tuya.

Contacto: info@institutocanariodehipnosis.com

Web: https://institutocanariodehipnosis.com

Facebook: https://www.facebook.com/jjdoresteaguilar

YouTube: https://www.youtube.com/user/jjdorestemaccom/featured

# SOBRE LA ESCUELA INTERNACIONAL
# DE NUEVOS ESCRITORES

La Escuela Internacional para Nuevos Escritores nace con la premisa de ayudar a tener una comunicación escrita efectiva. Su misión consiste en ofrecer estrategias, dinámicas, formación y práctica a quienes quieren adentrarse en el mundo fascinante de la escritura.

En sus cursos y talleres, a través de vivir la experiencia de escribir de forma fluida, fácil y divertida, en complicidad con otros compañeros y siempre con un objetivo común, estos nuevos escritores se entrenan y practican para conseguir un sueño: escribir su propio libro.

Los formadores de la Escuela llevan años en este mundo de la escritura, son autores de varios libros y expertos en sus diferentes tareas. Pasamos a presentártelos:

## Dulce Bermúdez

Es escritora, experta en PNL (Programación Neurolingüística) y neuroescritura aplicada a la comunicación escrita, y directora de la Escuela Internacional para Nuevos Escritores. También es autora de varias novelas y libros de formación sobre escritura, así como coautora en antologías de desarrollo personal.

Contacto:  www.dulcebermudez.com

info@dulcebermudez.com

## Juan Jesús Doreste Aguilar

Es hipnotista, formador, experto en PNL, *coaching* y procesos de adelgazamiento, así como facilitador de *Un Curso de Milagros y Liberación Emocional*. Es un enamorado de la informática y de las aplicaciones de edición de libros físicos y digitales. Ha sido autor de libros sobre música y coautor de libros de desarrollo personal y espiritualidad.

Contacto:                          https://institutocanariodehipnosis.com    -    info@institutocanariodehipnosis.com - WhatsApp/Telegram: 697214803

## Mélani Garzón Sousa

Es ilustradora, diseñadora gráfica y escritora. Como ilustradora ha realizado numerosas portadas para diferentes autores y géneros y posee su propia marca: Mega Superchuche. Mientras, en el ámbito de la escritura ha editado ocho obras, entre ellas un cómic y un librojuego.

Instagram: @melanigarzon

Correo electrónico: milfuegos_88@hotmail.com

## Sandro Doreste Bermúdez

Es escritor y corrector ortotipográfico y de estilo. Ha sido autor de cinco novelas, por una de las cuales quedó finalista en un certamen internacional de novela juvenil, y coautor de un librojuego. Su principal sueño es ayudar a que la mayor parte de quienes, como él, comenzaron de cero en el arte de la escritura lleguen a ser grandes artistas de la literatura.

Instagram: @sandrodoreste_bermudez

Facebook: Sandro Doreste Bermúdez

Correo electrónico: sandrodoreste@gmail.com